아르슬란 전기

2

두 왕자

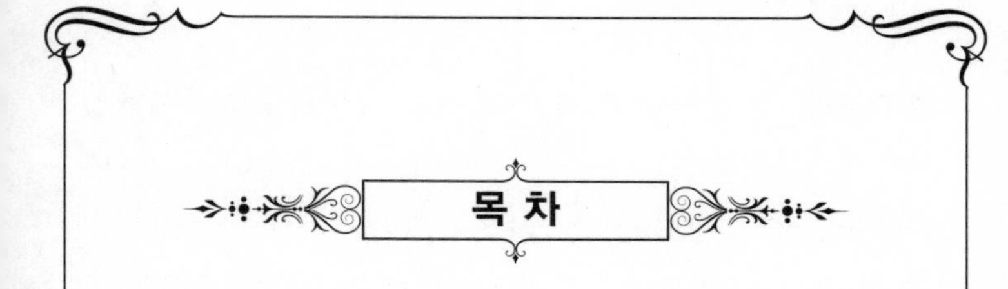

목 차

주요 등장인물

아르슬란: 파르스 왕국 제18대 샤오 안드라고라스 3세의 왕자.

안드라고라스 3세: 파르스 국왕.

타흐미네: 안드라고라스의 아내이자 아르슬란의 어머니.

다륜: 아르슬란을 섬기는 마르즈반(만기장萬騎長). 별명은 '마르단후 마르단(전사 중의 전사)'.

나르사스: 아르슬란을 섬기는 전前 다이람 영주. 미래의 궁정화가.

기이브: 아르슬란을 섬기는 자칭 '유랑악사'.

파랑기스: 아르슬란을 섬기는 카히나(여신관).

엘람: 나르사스의 레타크(몸종).

이노켄티스 7세: 파르스를 침략한 루시타니아의 국왕.

기스카르: 루시타니아의 왕제王弟.

보댕: 루시타니아 국왕을 섬기는 이알다바오트 교의 대주교.

히르메스: 은가면. 파르스 제17대 국왕 오스로에스 5세의 아들.

암회색 옷의 마도사: ?

자하크: 사왕蛇王.

……황량한 마잔다란 평원에
카이 호스로의 왕기王旗 나부끼자
사악한 자하크의 군세는 뿔뿔이 흩어지니
봄철 천둥에 겁먹은 양떼와도 같구나

무쇠마저 가르는 보검 루크나바드는
태양의 조각을 벼려낸 것이며
애마 라크슈나에게는 보이지 않는 나래 있어
세계의(자한기르) 패왕에 어울리는 명마로다

천공의 태양은 둘이 아니며
지상에 샤오는 오직 하나!
비할 데 없는 용사 카이 호스로
검으로 그의 천명을 이을 자 그 누구뇨…….

저자 미상(카이 호스로 무훈시초)

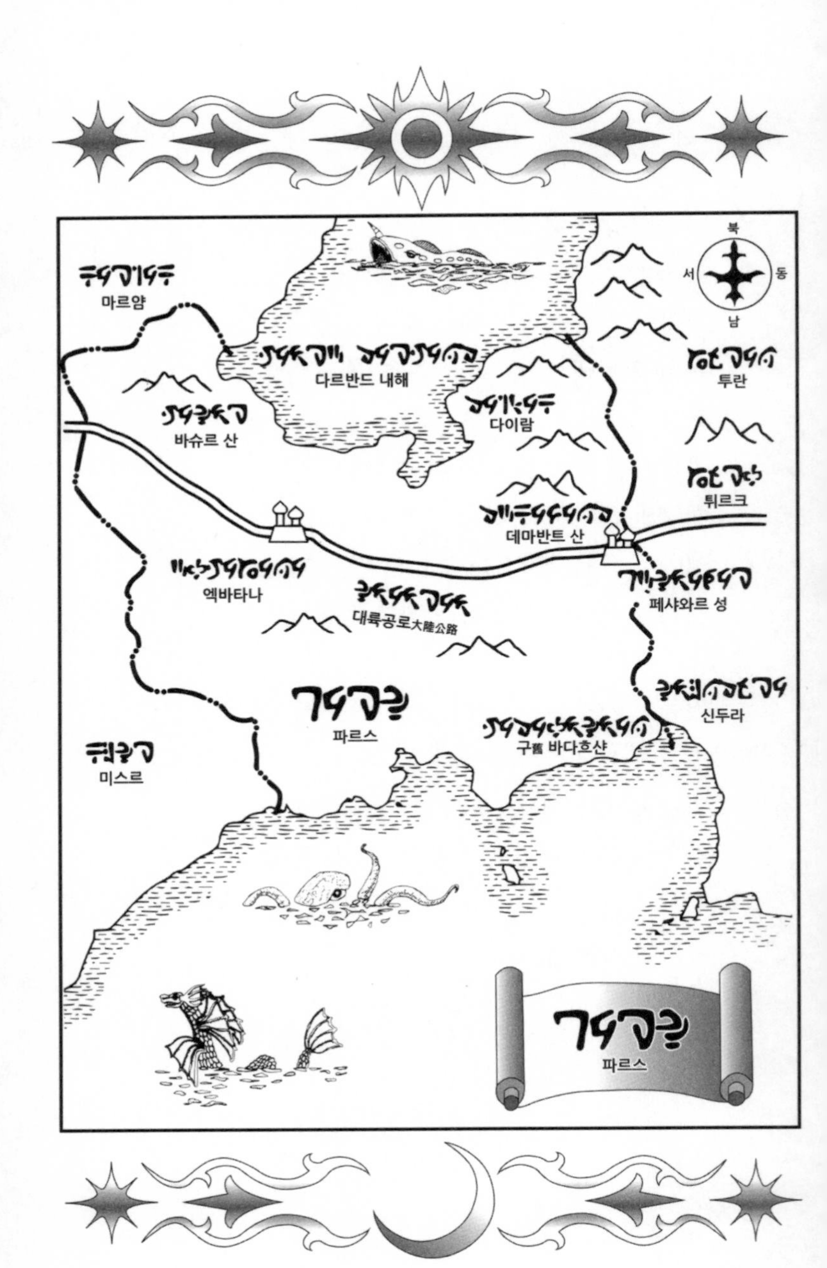

북
서
동
남
마르얌
다르반드 내해
바슈르 산
다이람
투란
튀르크
데마반트 산
엑바타나
대륙공로大陸公路
페샤와르 성
신두라
파르스
구舊 바다흐샨
미스르
파르스

제1장 카샨 성새

I

실내 사방에 무겁고 눅눅한 어둠이 도사리고 있었다.

지하 깊은 곳에 위치한 방이었다. 비록 지하감옥은 아니지만 환경은 그와 완전히 똑같았다. 지상은 파르스국의 왕도 엑바타나이며 그곳은 지금 침략국 루시타니아의 대군이 지배하고 있다. 그러나 못미더운 램프 불빛을 받는 암회색 옷차림의 노인은 지상의 변동을 의식하는 기색이라곤 전혀 없었다.

노인은 조악한 의자에 몸을 묻은 채 눈을 감고 있었으나, 갑자기 번쩍 떴다. 안구가 움직이더니 램프 불빛을 둔중하게 반사했다.

"왔느냐……."

노인의 입술에서 나직한 목소리가 달팽이처럼 기어 나

왔다.

"구르간, 게 왔느냐?"

어둠이 마치 바람을 머금은 돛처럼 일렁이더니 다른 목소리가 대답했다.

"구르간이 존사님을 뵙습니다."

"다른 여섯도 함께 왔으렷다."

"분부대로 모두 존사님 앞에 대기하고 있나이다."

어둠 속에서 어둠색의 긴 옷을 걸친 사내들의 윤곽이 떠올랐다.

"군디, 존사님을 뵙습니다."

"푸라드, 존사님을 뵙습니다."

"아르장, 존사님을 뵙습니다."

"비드, 존사님을 뵙습니다."

"산제, 존사님을 뵙습니다."

"고스타함, 존사님을 뵙습니다."

눈을 가늘게 뜬 노인은 공손히 무릎을 꿇은 사내들을 바라보았다. 어둠 속에 도사린 모습이 노인에게는 잘 보이는지, 아니면 다른 이유 때문인지 앞으로 나오도록 명령을 내리지는 않았다.

"그대들 일곱의 힘이 모이면 1만 병사도 능가할 것이다. 그 힘을 사왕 자하크 님의 종복인 나에게 빌려주겠지?"

사내들을 대표하여 군디가 대답했다.

"이는 모두 존사님의 가르침에 따라 우리의 주 사왕 자하크 님의 재림을 실현키 위하여 내림받은 힘이옵니다. 어찌 내어드리지 않을 수 있겠나이까. 부디 무엇이든 명령만 내려주시옵소서."

"그대들의 목숨까지도 내놓으라 할지 모른다."

"사왕 자하크 님의 영광을 위해서라면 그저 한순간 지상에 깃드는 목숨을 아까워할 까닭이 없나이다. 그러한 의구심은 송구스러울 따름이옵니다."

"훌륭하다."

노인은 독기 같은 숨을 토해냈다. 만족스러운 모양이었다.

"사왕 자하크 님의 영광을 원하는 자에게는 반드시 가호가 있으리라. 그대들은 사왕님을 위하여, 기고만장한 이교도와 사교도 놈들을 멸하여야만 하느니라."

노인은 어둠을 꿰뚫고 한 점에 시선을 고정했다.

"아르장!"

"예, 존사님."

"그대가 자랑으로 삼는 것은 어떠한 술법인가."

"가다크(지행술地行術)이옵니다, 존사님."

"흐음, 땅속에 숨어 땅속을 달린단 말이지……."

노인은 생각에 잠겼으나 그 시간이 길지는 않았다.

"좋다. 그대에게 명하노라. 루시타니아군의 진영으로 향하여, 그대의 술법으로 이름 있는 장수를 하나 없애고 오라."

루시타니아군은 노인이 기거하는 방의 지상을 지배하고 있다. 그 수는 30만에 이르는 대군이다. 그런데도 노인의 명령은 숲에서 나무열매를 주워 오라는 것처럼 스스럼없었다.

명령을 받은 이도 태연했다.

"분부 받들겠나이다. 맞춤한 자를 가늠하여 명령을 실행하겠사옵니다. 목은 가지고 돌아오는 편이 좋을는지요?"

"딱히 볼 가치도 없을 테지. 한데 루시타니아의 장수를 그대에게 살해케 하는 이유는 알고 있으렷다?"

"강자를 약하게, 약자를 강하게 만드는 것이 곧 오랜 혼란과 많은 유혈로 이어지는 바. 존사님께서는 이를 염두에 두신 것이 아니옵니까?"

"바로 그렇다. 흐르는 피가 많을수록 사왕 자하크 님의 재림이 빨라질 것이다. 그러면 가거라. 다른 자들은 앞으로 내릴 명령을 기다리도록."

암흑의 오로라가 소리도 없이 일렁이고 사내들의 기척이 사라져갔다.

단 한 사람, 구르간만이 남았다. 망설이면서도 마음을

굳힌 듯 입을 연다.

"존사님, 외람되오나 한마디 여쭙고 싶은 것이 있나이다."

"다 안다."

노인은 기침을 하듯 짧게 웃었다.

"유혈을 늘리기 위해서는 루시타니아군이 흉포히 활보하도록 놓아두면 될 것을, 왜 그리하지 않느냐는 말이렷다."

"예. 존사님께는 아무것도 감출 수 없나이다."

"이유는 둘이다. 하나는 피해를 입음으로써 루시타니아군이 더욱 흉포해져 복수를 꾀하리라는 것. 또 하나는 아트로파테네에서 루시타니아인들에게 조금 지나치게 단맛을 보여주었으니, 이제는 쓴맛도 보여주어야 공평하지 않겠느냐는 것이다."

"지당하신 말씀이옵니다. 한데 루시타니아군에 대항할 파르스의 왕자는 현재 어디 있나이까?"

"왕태자 아르슬란 말이냐? 놈은 지금쯤 왕도에서 남쪽 방향에 있을 게다."

"내버려두어도 괜찮을는지요."

그 질문에 노인은 웃음소리로 대답했다. 눅눅한 공기 속을 말라붙은 웃음소리가 맴돌았다.

"상관없다. 우리의 도술을 쓸 필요까지야 있겠느냐. 아르슬란 놈의 목을 탐내는 자는 얼마든지 있다. 그런 놈들이 혈안이 되어 그 미숙한 애송이를 쫓아다닐 테지."

"히르메스 왕자도 그중 한 사람이 아니겠습니까?"

구르간의 말이 다시 괴이한 노인을 웃음 짓게 했다.

"놈도 비극의 주인공 행세를 하고 있다만. 내가 보기에는 그야말로 어릿광대일 뿐이다. 아르슬란을 가증스러운 안드라고라스의 아들이라 믿어 의심치 않는데, 흥, 진실을 알면 화상을 입지 않은 반쪽 얼굴이 시퍼렇게 물들 테지."

노인은 한 팔을 들어 손짓으로 퇴실을 명했다. 구르간의 모습은 어둠 속에서 더욱 흐릿해지고, 이내 실내에서 그가 존재하는 기척은 완전히 사라졌다.

II

니무르드 산령山嶺은 파르스 왕국의 국토 거의 한복판에서 약간 남쪽 지역을 동서로 200파르상(약 1천 킬로미터)에 걸쳐 관통하고 있다.

그리 높은 산지는 아니지만, 이곳을 기준으로 파르스의 기후와 풍토는 완전히 둘로 나뉜다. 니무르드 북쪽은 적절한 강우량의 혜택을 받으며 겨울에는 눈도 내린다. 침엽수림과 초원이 펼쳐지고, 곡물과 과일이 풍성하게 맺힌다. 반면 분수계分水界를 넘어 남쪽으로 나가면 태양은 작열하고 공기와 대지는 말라붙으며, 군데군데 놓인 오아시스 외에는 사막과 바위너설과 초원이 많고 숲은 없다.

그래도 산지에서 남쪽으로 빠져나가 바다로 흘러드는 옥서스 강은 눈석임물과 지하수가 모여 수량이 풍부하다. 이 강을 이용해 수로를 내고 주위의 밭이며 목초지에 물을 공급한다. 그리고 옥서스 강 하구에는 유명한 항구도시 길란이 있어 해로를 통해 멀리 세리카까지 이어진다.

산에는 유즈(눈표범)가 살고, 산 남쪽에는 시르(사자)가, 때로는 코끼리도 있다. 산 북쪽에는 곰이나 늑대의 모습이 보인다. 또한 산에는 몇몇 고갯길이 있어 파르스의 광대한 국토를 남북으로 이어준다. 그러나 카라반의 방울 소리가 없는 한 이런 길은 지극히 조용했다.

……조용해야 할 산길을 요란한 말발굽 소리가 지나가고 있었다.

파르스력 320년, 가을도 끝나려 하는 어느 날이었다.

파르스의 군장을 한 5기의 인마가 산길을 내달리고, 그 뒤로 100가즈(약 100미터) 정도 떨어진 곳에서는 루시타니아의 군장을 한 수백의 기마대가 살의를 드러내며 이를 쫓고 있었다.

5기 중 둘은 아직 소년이며, 하나는 머리가 긴 여자다. 나머지 둘 중 적갈색 머리카락을 한 젊은이가 다른 한 사람에게 큰 목소리로 말했다.

"잘 확인해보지 않았는데, 추적대의 수는 얼마입니까?"

"500기 정도일 걸세."

"조금 많군요. 400기까지는 나 혼자 어떻게든 해볼 수 있을 텐데."

사내는 대꾸하지 않았고, 머리 긴 여자가 끼어들었다.

"나르사스 경, 기이브의 헛소리는 상대하지 마시게."

이어서 그녀는 곁을 달리던 소년에게 말을 걸었다.

"전하, 이제 곧 다륜 경이 병사를 이끌고 올 것이옵니다. 조금만 견디시옵소서."

눈부신 황금 투구를 눈가 깊이 쓴 소년은 크게 고개를 끄덕였다. 그가 바로 파르스 왕국의 왕태자 아르슬란이었다. 또 한 소년은 엘람이라고 한다. 나르사스의 레타크(몸종)였다.

아트로파테네 회전에서 루시타니아군에 패해 부왕 안드라고라스 3세와 뿔뿔이 흩어진 아르슬란은 흑의기사 다륜을 포함한 다섯 부하의 비호를 받고 있었다. 지금 다륜은 니무르드 산속에 있는 성새 카샨으로 한발 먼저 달려간 상태였다. 카샨 성주 후다이르 경에게 도움을 청하기 위해서다.

그리고 한나절 늦게 산길로 들어선 아르슬란 일행은 약탈과 정찰을 위해 변경에서 얼쩡거리던 루시타니아군의 한 부대에 발견되고 말았던 것이다.

어깨 너머로 추적대를 돌아본 파랑기스는 구불구불한 산길의 전방에 저녁 햇살이 있음을 확인하더니, 천천히 활을 들어 살을 시위에 메겼다. 말 위에서 몸을 틀어 겨냥하고, 쏜다.

파랑기스의 화살은 선두에 선 루시타니아 병사의 크게 벌린 입속으로 날아들었다.

"꺽."

기묘한 비명을 지른 병사의 몸은 안장 위에서 기울어지더니 아군이 일으키는 흙먼지 속으로 떨어졌다.

"훌륭하군요."

그렇게 칭찬한 기이브는 자신도 포플러로 만든 활에 살을 재더니, 새로이 추적대의 선두로 나온 루시타니아 병사를 향해 쏘았다.

가느다란 은색 빛줄기가 허공을 내달려 루시타니아 병사의 가슴으로 빨려 들어갔다. 병사는 흉갑을 차고 있었으나 화살은 그 한복판의 이음매 부분을 꿰뚫고 병사의 몸으로 파고들었다. 병사는 비명도 지르지 못한 채 안장

위에서 몸을 뒤로 젖히고, 그대로 수십 가즈(수십 미터 가량) 거리를 달려가다 힘이 다해 말에서 떨어졌다.

잇달아 활 묘기를 선보이니 루시타니아군은 주춤하는 기색을 보일 수밖에 없었다. 말고삐를 당겨 추적 속도를 늦춘다. 그리고 이번에는 루시타니아군 쪽에서 아르슬란 일행을 향해 화살이 날아들었다.

수십 개의 화살이 날아왔지만 명중한 것은 하나도 없었다. 원래 루시타니아의 활은 파르스의 활에 비해 재질이 약해 화살의 사거리가 짧다. 게다가 쫓는 자도 쫓기는 자도 바람이 불어오는 방향을 향해 달리고 있다. 파랑기스나 기이브가 쏜 화살은 바람을 타 더 멀리 날아갔고, 루시타니아군의 화살은 바람을 거슬러 오르며 기세가 약해졌던 것이다.

루시타니아군이 결실 없는 반격에 집착하는 사이에 아르슬란 일행은 그들과의 거리를 1아마지(약 250미터)까지 벌려놓았다. 아르슬란과 엘람은 아직 어엿한 자기 몫을 하는 기수라고는 하기 힘들지만 그래도 파르스인은 기마민족이다. 루시타니아인 정도는 발치에도 미치지 못하는 질주를 보여주었다.

생각을 고쳐먹은 루시타니아군이 대형을 가다듬고 도주자들을 쫓아 단애절벽 가장자리로 돌아갔다.

그 순간, 그들은 알아들을 수 없는 파르스풍의 뿔피리

소리가 울려 퍼지더니 주위의 산에 메아리쳤다. 절벽 위에 흑의기사가 말에 타고 우뚝 서서 저녁 햇살을 받는 모습을 본 자도 있었으리라. 놀랄 틈도 없이, 강한 산바람을 타고 화살비가 쏟아졌다.

좌우로 흩어질 수도 없는 산길이었다. 루시타니아군은 인마가 함께 비명을 지르며 쓰러졌다. 그것도 오래가지 않았다. 추적도 저항도 포기한 그들은 기수를 돌려 뒤도 돌아보지 않고 사지를 벗어났다. 만일 나중에라도 그들이 체념한 상대가 파르스의 왕태자라는 사실을 알았다면 분해서 발을 굴렀으리라.

다륜이 카샨 성새에서 원군을 안내해 달려왔던 것이다. 용병에 뛰어난 다륜은 궁전병弓箭兵을 산길 좌우의 절벽 위에 배치하여 기습공격을 가해 루시타니아군을 쫓아냈다.

재회의 기쁨을 나누는 그들 앞에 이윽고 카샨 산성의 성문이 나타났다. 성문 앞에는 약간 살이 찌고 비단옷을 입은 사내가 말 위에 앉아 있었다. 파르스의 샤흐르다란(제후) 중 하나인 후다이르 경이었다.

귀족 중에서도 영지와 사병을 가진 자를 '샤흐르다란' 이라 부르는데, 파르스 전국에 백 명 정도밖에 없다.

다른 귀족들은 샤오에게서 많은 녹봉을 받는 문무고관으로, 궁정에서 일한다. 물론 개중에는 녹봉을 받아도 일이 없어 놀기만 하는 자도 더러 있지만.

나르사스의 죽은 아버지 테오스도 샤흐르다란 중 한 명으로 다이람 지방을 영유했다. 나르사스는 대귀족 가문의 자식이었으나 그의 어머니는 테오스의 정식 아내가 아니었다. 신분이 낮은 아자트 출신이었으며 테오스가 열두 번째인가 열세 번째로 사랑했던 첩실 중 하나일 뿐이었다.

그녀는 사내아이, 다시 말해 나르사스를 낳은 후 테오스의 본처에 의해 저택에서 쫓겨나고 말았다. 다만 생활비만은 충분히 받았으므로 그녀는 어린 아들을 데리고 왕도 엑바타나로 이주했다.

나르사스는 마을에서 성장했으며, 아자트 출신 친구들과 마을 학교에서 책상을 나란히 놓고 공부했다. 열 살이 되었을 때 아버지의 사자가 찾아왔다. 테오스에게는 나르사스 말고도 열 명 정도의 자식이 있었으나, 어떻게 된 노릇인지 모두 딸이었다. 무서운 본처가 양고기 요리를 잘못 먹고 식중독으로 급사하자, 테오스는 하나뿐인 아들을 후계자로 삼을 결심을 했던 것이었다…….

그리고 카샨 산성과 인근 일대의 영주인 후다이르에게도 아들이 없다고 한다.

"아무리 대귀족이라 해도 마음대로 되지 않는 일이 있는 법이군."

기이브는 심술궂게 이죽거렸으나, 아르슬란을 성내로 맞이한 후다이르는 기분이 매우 좋아 보였다.

"아트로파테네의 패전 소식을 접한 후로 폐하와 왕태자 전하의 안부를 걱정했사옵니다. 하오나 저 혼자만의 힘으로는 루시타니아의 대군을 상대로 복수전을 벌일 수도 없어 그저 마음만 아파했을 따름이옵니다. 자신의 무력함을 답답하게 여기고 있을 때, 오늘 다륜 경이 나타나 소인으로 하여금 전하께 충성을 다할 기회를 준 것이 아니겠사옵니까?"

감격이 극에 달했다는 양 떠들어대는 후다이르의 모습을 미심쩍은 표정으로 쳐다보던 기이브가 곁의 카히나에게 속삭였다.

"파랑기스 님, 저자를 어떻게 생각하십니까?"

"참으로 말이 많은 남자로군. 혀에 기름이라도 발라둔 모양이다. 그것도 별로 질 좋은 기름은 아닌 것 같네."

아름다운 카히나의 비평은 신랄했다. 그녀는 후다이르와는 달리 병사 한 명 없이 홀몸으로 아르슬란의 불리한 싸움에 가세했던 사람이다. 후다이르의 현란한 수다 따위 변명으로밖에 들리지 않았으리라. 으스대며 기이브가 고개를 끄덕였다.

"지당하신 말씀. 말이 많은 남자는 말수와 맞바꿔 불성실함을 드러내고 마는 법이지요, 파랑기스 님."

"누구처럼 말이지."

파랑기스가 빈정거려도 기이브는 주눅 드는 기색조차 없었다.

"뭐, 아무튼 선인이든 악인이든 그것 때문에 나비드 맛이 달라지는 것은 아니니까요."

축하 연회는 호화로웠다. 고기도 술도 잔뜩 있었으나, 고기는 둘째 치더라도 술은 아르슬란에게 소용이 없는 것이었다. 샤르바트(과당수果糖水)나 치이(홍차紅茶)로 목을 축이면서, 한편으로는 지나치게 많은 요리를 감당하지 못하고 있었다.

파단행(巴旦杏, 아몬드)과 당밀을 넣은 석류 셔벗을 아르슬란이 은수저로 입에 넣고 있을 때 문득 후다이르가 속삭였다.

"전하, 저에게는 딸이 있나이다. 나이는 열셋이며 아비인 제가 보더라도 충분히 예쁘고 똑똑하지요. 만일 전하께서 거두어 곁에 두신다면 딸에게도 그 이상의 행복이 없을 것이옵니다."

아르슬란은 하마터면 셔벗을 뿜을 뻔했다. 기침을 하느라 대답도 못하는 왕자를 조금 떨어진 자리에서 그의 부하들이 반쯤 우스운 듯, 반쯤 걱정스러운 듯 바라보고 있었다.

III

축하 연회가 있은 후 아르슬란, 파랑기스, 그리고 나머지 넷이 각기 방을 배정받았다. 한 방에 밀려들어간 다륜, 나르사스, 기이브, 엘람 사이에서는 축하 연회의 양상이 화제가 되었다.

"후다이르는 딸을 새 왕의 비妃로 만들어 권세를 누릴 속셈인 모양이던걸."

나르사스는 비아냥거리며 미소를 지었다. 파르스의 역사에 몇 번이나 유례가 있었던 일이었다.

"그리고 그의 본심을 알아낸 이상 방임해두는 것도 좋지 않겠지."

다륜은 약간 언짢은 표정이었다. 왕자와 떨어진 것이 마음에 걸려서였다. 그는 왕자의 침실 문 앞에 이불을 깔고 잘 생각이었으나 후다이르가 이를 거부했다.

후다이르는 기병 3천과 보병 3만 5천을 움직일 수 있다. 게다가 후다이르가 왕태자 아르슬란을 옹립해 일어난다면 다른 샤흐르다란들도 이에 호응하리라고 충분히 기대할 수 있다. 그렇기에 아르슬란 일행은 그의 성을 찾아온 것이다. 가능하다면 그를 적으로 돌리는 일만은 피하고 싶었다.

한쪽 손으로 슬쩍 턱을 매만지며 나르사스는 생각에 잠겼다.

"……하나 상대가 우리를 적으로 돌리고 싶어한다면, 뭐 그건 어쩔 수 없는 일이고……."

조용히 문을 두드리는 소리가 들렸다. 검을 한 손에 들고 기이브가 누구냐고 물었다. 하지만 아르슬란 왕자임을 알자 서둘러 문을 열어주었다. 아르슬란은 축하 연회 자리에서부터 이제까지 부하들과 멀리 떨어지는 바람에 상담을 청할 기회도 없었던 것이다.

"후다이르가 내게 두 가지 조건을 제시했네."

하나는 그의 딸을 장래의 왕비로 삼을 것. 그리고 또 하나는 굴람을 해방한다는, 파르스의 전통을 깨부수는 과격한 개혁은 삼갈 것.

"너무 성급하지 않나? 우선 군세를 모아 루시타니아군과 싸우고 왕도를 탈환하여 아바마마와 어마마마를 구해내야 하거늘."

"그래서 전하는 무어라 답하셨습니까?"

"당장은 대답할 수 없다고, 내일 안으로 대답을 주겠다고 하였네. 그러면 된 건가?"

"그러시면 됩니다."

"나 원. 그자는 대체 무슨 생각인지 모르겠군. 나는 그의 딸을 만나본 적도 없거늘."

지극히 진지하게 불쾌함을 드러내는 왕자의 표정에 나르사스는 슬쩍 입가에서 힘을 풀었다.

"후다이르의 속내는 저도 완전히는 파악할 수 없습니다. 아니, 본인도 아마 망설이고 있을 테지요. 전하를 내세워 파르스를 해방하고 새로운 샤오의 곁에서 권세를 마음껏 누릴지……."

아니면 아르슬란의 목을 들고 루시타니아군에게 항복해 은상을 받을지. 어느 쪽이든 말수가 지나치게 많은 카샨 성주는 자기 품에 날아든 왕자를 자기 자신의 욕심이 향하는 방향으로 최대한 이용할 심산이리라. 그리고 그렇게 하려면 아무래도 다륜이나 나르사스가 방해가 될 테니, 분명 배제하고자 기회를 엿볼 것이다.

"아마 오늘 밤 안으로 후다이르가 행동에 나설 겁니다. 피곤하실 테지만 전하, 언제든 출발하실 수 있도록 채비를 해 두십시오. 나머지는 저희가 알아서 하겠습니다."

그렇게 말하고 아르슬란을 방으로 돌려보낸 나르사스는 엘람의 귀에 무언가를 속삭였다. 고개를 끄덕인 엘람은 창문을 열더니 5가즈(약 5미터) 정도 아래의 지상에 있는 위병들에게 들키지 않도록 밖으로 몰래 빠져나갔다.

한 시간쯤 지나 돌아온 엘람은 한 손에 든 것을 나르사스에게 내밀었다. 코를 가까이 대고 냄새를 맡은 나르사스는 나직하게 웃고, 이를 물병 안에 털어 넣더니 뚜껑을 닫았다. 그것은 레센(흑련黑蓮) 줄기에서 짠 즙과 향유와 양귀비 잎의 즙을 섞어 빚고 굳혀놓은 것으로, 잠을 유발하는 무색무취의 연기를 발하는 약이었다. 엘람이 천장에 숨어들어 발견한 것이었다.

"후다이르 놈이 꾸밀 만한 잔꾀로군. 보아하니 우리도 사양할 필요 없겠어. 어차피 왕자님께서 이 방에 오셨다는 건 놈도 알고 있을 테고."

"그래? 사양할 필요 없단 말이지? 그럼 그때까지 힘을 좀 모아놓도록 할까."

일이 터질 때까지 한숨 쉬기로 작정한 기이브는 방 한 구석에 이불을 뒤집어쓰고 드러누웠다. 다륜이 벗에게 속삭였다.

"나르사스, 자네에게 의견을 좀 묻고 싶네. 이런 생각도 두렵네만, 아르슬란 전하가 선왕 오스로에스 5세 폐하께서 남기신 자식일 리는 없겠지?"

전장에서는 공포라는 것을 모르는 용사가 불안을 감추지 못하는 눈치였다. 이럴 때 이런 이야기를 꺼내는 것도 자기 혼자 생각하기 힘들었기 때문이리라.

나르사스는 팔짱을 끼었다.

"나도 그 점을 생각해보지 않은 것은 아닐세. 하나 오스로에스 5세께서 승하하셨던 건 304년 5월이 아닌가.

아르슬란 전하께서 태어나신 것이 306년 9월. 2년 4개월의 차이가 있으니 전하께서 오스로에스 왕의 서출일 가능성은 없지."

"그렇군……."

안도한 듯 다륜은 고개를 끄덕였다. 그러나 나르사스는 스스로 자신을 안심시킬 수 있을 것 같지가 않았다. 그는 두꺼운 목면으로 만든 여행용 자루에서 낡아빠진 종이 한 장을 꺼내 융단 위에 펼쳤다.

그것은 초대 카이 호스로에서 시작해 제18대 안드라고라스 3세에 이르는 파르스 왕가의 가계도였다.

"가계도를 보게, 다륜. 역대 파르스 왕가에 안드라고라스라는 이름을 가진 샤오는 셋이지. 이들 셋에게는 공통점이 하나 있어. 뭔지 알겠나?"

다륜은 살짝 눈살을 찡그리더니 시선을 나르사스의 얼굴에서 가계도로 옮겼다. 그들에게 등을 돌리고 이불을 뒤집어쓴 기이브도 흥미진진하게 귀를 기울였다. 그 사실을 나르사스도 알고 있었으나 딱히 나무라지는 않았다. 금세 다륜이 한 가지 사실을 발견하고 입을 열었다.

" '안드라고라스' 와 '오스로에스' 의 관계인가?"

"그래, 바로 그거야. 안드라고라스 1세는 오스로에스 3세 다음으로 즉위했지. 안드라고라스 2세는 오스로에스 4세의 뒤를 이었네. 그리고……."

현재 행방불명된 안드라고라스 3세는 오스로에스 5세 사후에 등극했다. 안드라고라스라는 이름을 가진 왕은 셋 모두 오스로에스라는 이름을 가진 왕의 뒤를 이어 즉위했던 것이다. 첫 사례는 아무런 문제도 없다. 두 번째 사례는 우연이리라. 하지만 세 번째는 우연이라고 말할 수 있을지 어떨지.

그렇게까지 심각한 이야기도 아니리라고 나르사스는 생각했으나, 선선대의 고타르제스 2세 대왕이 두 왕자에게 오스로에스, 안드라고라스라는 이름을 지었을 때 대신들이나 귀족들 중에 눈살을 찡그린 자가 있었던 것도 사실이다. 굳이 형제에게 왕좌를 다투게 할 셈이냐고.

고타르제스 2세는 대왕이라 불릴 만큼 현명한 군주였으나, 굳이 결점을 들자면 미신을 심하게 믿어 무슨 일에나 운세를 따지는 면이었다. 제대로 된 신관만이 아니라 정체 모를 예언자며 마도사 같은 자들도 신용하여 중신들을 난처하게 만들었다.

"다륜, 자네는 예언이라는 것을 믿나?"

나르사스가 그런 질문을 건네는 바람에 다륜은 조금 놀랐다.

"글쎄. 나는 믿지 않네. 정확하게는 믿고 싶지 않네. 내가 하는 일, 생각하는 일을 태고의 예언자인지 뭔지가 모두 꿰뚫어보았다고 상상하면 별로 기분이 좋지 못하거든.”

그리고 슬쩍 쓴웃음을 지으며 덧붙였다.

“나는 내 의지대로 살고 있네. 성공도 실패도 나 자신의 책임이라 여기고 싶군.”

“자네는 실로 용사라는 이름이 아깝지 않은 사나이일세. 하지만 세상에는 그렇지 못한 사람이 훨씬 많아. 고타르제스 대왕 폐하마저 예언에 휘둘렸지.”

“나르사스, 자네 지금 무슨 말을 하려는 겐가.”

“미안하네, 다륜. 조금만 더 기다려주게. 아직 생각이 정리가 되지 않았고 증거도 별로 없어. 머잖아 말해주지.”

다륜은 말없이 고개를 끄덕였다.

나르사스는 홀로 생각에 잠겼다.

예언이 실현된다면 그것은 두 가지 경우밖에 없다. 하나는 자연을 다스리는 법칙을 인간이 발견했을 경우. 이것이 지식으로 일반화되면 예언이라 부르기도 지극히 어리석은 일이 된다. 예를 들어 ‘겨울 다음에는 봄이 온다.’, ‘내일은 낮에 밀물이 들 것이다.’ 같은 것들이다. 그리고 또 한 가지는 예언을 믿어 의심치 않는 자들이 예언을 실현시키기 위해 행동했을 경우다. 나르사스가 생각에 잠긴 것은 두 번째 경우에 대해서였다.

지금 이 나라는 밤낮을 가리지 않고 잡귀들이 횡행하

는 마경魔境으로 변해가고 있다. 안드라고라스 왕이 이상적인 군주였다고 생각하지는 않는다. 그러나 어쨌든 안드라고라스 왕은 파르스를 지탱하던 힘 있는 기둥이었다.

그 기둥이 아무래도 사라지고 만 모양이다. 아직 열네 살밖에 안 된 왕태자 아르슬란이 새로운 파르스의 기둥이 될 수 있을까?

그것은 왕가만의 문제가 아닌, 파르스 전체의 운명에 얽힌 일이었다.

IV

신들이 밤하늘에 거대한 보석상자를 집어던진 것처럼 별이 가득했다.

별빛을 받은 지상에서는 시커먼 그림자가 꿈틀거렸다. 갑주를 걸친 백 명가량 되는 남자들이 포석을 깔아놓은 안뜰에 모여 있었다. 그들 앞에는 분위기에 어울리지 않을 정도로 현란한 갑옷을 입은 사내가 있었다. 성주 후다이르였다. 하는 말이나 입는 옷이나, 필요 이상으로 자신을 장식하지 않고서는 직성이 풀리지 않는 사내일 것이다.

그는 다륜 일행이 약에 곯아떨어졌으리라 확신했다.

이윽고 병사 한 무리를 이끌고, 후다이르는 아르슬란의 침실 앞에 서서 참나무 문을 두드려 왕자를 불렀다.

"무슨 일인가, 후다이르."

문을 연 왕자는 잠옷을 입고 있지 않았다. 나르사스의 지시 때문이었다. 후다이르는 한순간 의외라 여겼으나 금방 생각을 억눌렀다.

"다륜, 나르사스, 그 외에 전하의 곁에 있으며 전하께 해를 끼치는 자들을 지금부터 제거하려 하옵니다. 전하의 재가를 받고자 왔습니다."

"그들은 나를 아껴주는 자들이다. 그런 자들을 제거하겠다는 이유가 무엇이냐."

"그들은 언젠가 간신이 되어 훗날 전하와 조국에 해를 끼칠 것이 틀림없사옵니다."

"무슨 당치도 않은 소리를……."

왕자가 단언하자 후다이르가 목소리를 높였다.

"이는 모두 왕태자 전하를 위해서이옵니다. 나르사스라는 자는 지략을 가지고 태어났으면서 왜 안드라고라스 폐하의 역정을 샀겠나이까? 노예제도를 폐지한다느니, 신전의 자산을 몰수한다느니, 귀족과 아자트에게 동등한 법을 적용한다느니…… 파르스의 초석을 뒤흔드는 과격한 주장을 펼쳤기 때문이옵니다. 설령 루시타니아군을 몰아낸다 해도 나르사스 같은 자들이 국정을 좌지

우지하도록 내버려둔다면 멸망보다도 더욱 끔찍한 일이 될 것이옵니다. 그자는 틀림없이 분수도 모르고 전하께 높은 지위를 요구했을 것입니다."

숨 쉴 틈도 없이 쏟아지는 말의 탁류가 왕자를 질식시킬 뻔했다. 간신히 반론했다.

"나르사스는 아무 요구도 하지 않았다. 내가 소소한 지위를 제시하였을 뿐이다."

아르슬란의 몸속에서 불쾌감이 급속히 커져갔다. 왜 후다이르는 이렇게 남을 멸시한단 말인가. 그것도 장래에 일어날지도 모른다고 자기 혼자 멋대로 생각하는 일을 내세워서.

"후다이르. 그대가 프라마타르(재상)의 자리를 원한다면 내가 왕위에 오른 후 반드시 그대를 프라마타르로 삼아주겠다. 그러니 다륜이나 나르사스와 힘을 합쳐 나를 도와줄 수 없겠나?"

"유감스럽게도 그럴 수는 없겠나이다."

후다이르가 내뱉었다. 다시 말의 탁류가 쏟아졌다. 다륜은 나르사스의 친구이며 정치에 대한 생각도 비슷할 것이다, 파랑기스나 기이브라는 두 사람은 무슨 생각을 하는지 신용할 수 없다, 결국 안드라고라스 왕 밑에서는 미천한 지위에 있던 자들이 왕자를 이용하려 드는 것이다, 부디 그들에게서 눈을 돌리고 자신에게 신병을 맡겨

달라…….

아르슬란은 한 손을 들어 겨우 후다이르의 수다를 중단시켰다.

"만일, 지금, 자네 말대로 한다면, 나는 나르사스나 다륜을 버리게 되는 것이다."

"당연히 그리되지 않겠나이까."

"나는 그대가 무슨 생각을 하는지 모르겠구나!"

아르슬란은 거의 소리를 지르다시피 했다.

"다륜이나 나르사스를 버리고 내가 그대를 선택한다 한들, 다음에는 그대를 버리지 않으리라 어찌 확신할 수 있나?!"

입만 벌릴 뿐 후다이르는 대답도 하지 못했다.

"그대는 나르사스를 중상하였다. 하나 나르사스는 나에게 하룻밤의 숙식을 제공해주었으면서도 암습 따위는 하지 않았다!"

아르슬란이 품은 분노와 경멸을 느꼈는지 후다이르의 표정이 험악해졌다.

"신세 많았네. 언젠가 오늘 식사의 보답을 하지. 그러나 두 번 다시 그대가 내 편을 들어주기를 바라지는 않을 걸세."

그렇게 내뱉은 아르슬란은 말수가 너무 많은 성주에게 등을 돌리더니 발소리 높여 포석이 깔린 복도를 걸으며 부하들의 이름을 불렀다.

"다륜! 나르사스! 기이브! 파랑기스! 엘람! 모두 일어나라. 당장 이 성을 나가겠다!"

후다이르가 실패를 깨달은 것은 이다음 순간이었는지도 모른다. 문이 열리고 복도에 모습을 나타낸 다섯은 왕자와 마찬가지로 이미 옷을 갈아입고 있었다. 다륜의 새까만 갑주가 횃불 불빛을 받아 빛났다.

"명을 기다리고 있었습니다. 즉시 말을 준비하겠습니다. 이런 곳에서 오래 있어봤자 소용도 없을 것입니다."

"괜찮은 여자도 없을 것 같고 말이죠."

기이브가 활달하게 받아쳤다.

건물 밖으로 나간 여섯이 말에 안장을 얹고 돌이 깔린 안뜰로 향하자, 당황한 후다이르가 화려하기 그지없는 갑옷을 철컹거리며 종종걸음으로 따라왔다.

"기다리시옵소서, 전하. 기다리시옵소서. 그자들은 충성을 가장하여 전하를 삿된 길로 유인하려는 것이옵니다. 용서할 수 없는 악당들이옵니다."

흑의기사가 싸늘한 안광을 뿜어내려 돌아보았다.

"그건 그대의 이야기가 아니오, 후다이르 경. 아르슬란 전하를 꼭두각시로 삼지 못하였다 해서 분풀이는 삼가 주시오."

후다이르의 얼굴이 분노로 굳어 다륜의 말이 옳았음을

증명해주었다. 그러나 표정이 갑자기 바뀌었다. 뻣뻣한 웃음이기는 했으나 어쨌든 성주는 웃음을 지으며 말했다.

"쓸데없는 의심을 초래한 것은 소인의 부덕이옵니다. 이제는 만류하지 않겠사오니, 하다못해 전하께서 타신 말의 고삐를 감히 제 부하가 잡는 것을 허락해 주시옵소서."

성주의 신호에 두 병사가 아르슬란이 탄 말에 다가갔다.

유혈이 일어난 것은 다음 한순간이었다.

하나는 기이브의 검에 목이 뚫렸으며 하나는 파랑기스의 검에 한쪽 귀가 날아갔다.

밤하늘을 향해 절규가 솟아났다. 한 사람이 땅에 쓰러지고 한 사람은 피가 솟는 옆얼굴을 붙든 채 비틀거리자 그들이 숨기고 있던 아키나케스(단검)가 말의 다리 사이로 떨어졌다. 파랑기스가 성주를 날카롭게 노려보았다.

"왕태자 전하께 다가가면서 품에 검을 감추다니, 무언가 까닭이 있으셨나? 아니면 니무르드 산령 이남에서는 이것이 왕후王侯에 대한 예의라 하실 텐가?"

대답은 없었다—— 목소리로는.

후다이르는 왕자를 포로로 삼겠다는 의도를 더 이상 감추려 하지 않았다. 수십 자루의 검이 칼집에서 빠져나오는 소리가 왕자 일행의 주위에 울려 퍼졌다.

"얌전히 보내주는 것이 그대를 위하는 길이오, 후다이르."

다륜의 장검이 별빛을 반사하자 후다이르의 부하들은 명백히 움츠러드는 기색을 보였다.

'마르단후 마르단(전사 중의 전사)'의 용명勇名은 그들 모두가 눈으로, 혹은 귀로 알고 있었다. 3년 전, 대륙공로에서 견줄 자가 없다고 맹위를 떨치던 투란의 왕제를 말 위에서 단칼에 베어 쓰러뜨렸던 자가 바로 다륜이었다.

"궁전병――."

후다이르의 목소리에 당혹한 비명이 대답했다. 궁전대의 활은 모조리 시위가 끊어져 쓸 수 없었던 것이다.

"엘람, 잘했다."

주인의 칭찬에 몸종 소년은 기뻐했다. 엘람은 나르사스의 부탁으로 후다이르의 궁전대 대기소에 숨어들어 활시위를 모조리 끊어놓았던 것이다.

후다이르는 얼굴에서 증기를 뿜어낼 것 같았다. 나르사스를 노려보고 입을 크게 벌리며 욕설을 퍼부었다.

"이, 이 교활한 여우 놈이!"

"뭘. 그대의 발치에도 못 미친다오."

나르사스는 그렇게 말했으나, 당연히 겸손을 떨기 위해서가 아니라 이죽거리기 위해서였다.

"자, 카샨 성주님? 이쪽은 수는 많지 않지만 활과 화살은 물론 사수도 있소. 현명하신 성주님이라면 성문을 열고 우리를 보내준다는 생각에 찬동해주시리라 생각하오만……."

후다이르는 핏발 선 눈으로 기이브와 파랑기스를 보았다. 두 사람은 말 위에서 활을 들고 있었으며 두 자루의 화살은 후다이르의 가슴을 겨누었다. 설령 이를 피한다 해도 다륜이나 나르사스의 검이 달려들 것을 쉽게 상상할 수 있었다.

후다이르가 마지못해 성문을 열도록 명령했을 때, 안뜰을 비추던 횃불이 일제히 꺼졌다.

"왕태자를 잡아라!"

고함이 터졌다. 후다이르의 부하들이 주군의 야심을 돕고자 했던 것이다.

와 하는 함성이 일어나고 병사의 무리가 아르슬란 일행을 에워쌌다. 이 사태는 아르슬란 일행에게도 의외였지만, 후다이르에게도 마찬가지였다. 결국 어둠과 혼란이 오히려 아르슬란 일행을 유리하게 해 주었다.

다륜의 장검이 허공에 선혈의 고리를 그렸다. 후다이르의 주위를 에워싼 병사들이 진흙으로 만든 인형처럼 쓰러졌다.

노성과 비명과 칼 부딪치는 소리 속에서 후다이르는

도망쳤다. 적보다도 아군이 당황해 이리저리 휘둘러대는 칼에 겁을 먹었기 때문이었다. 안전한 곳을 찾아 성벽 위로 이어지는 계단을 향해 구르듯 달려갔다. 계단 밑에서 고개를 돌린 그는 가장 보고 싶지 않은 광경을 보고 말았다. 다륜의 검이 눈앞까지 짓쳐들고 있었던 것이다. 후다이르는 땀과 신음을 몸 밖으로 쥐어짜내며 검을 뽑아 흑의기사에게 맞섰다.

이 상황에서 목숨 구걸을 하지 않았던 점은 과연 명예로운 샤흐르다란이라고 해야 하리라. 그러나 물론 용기와 무예가 같은 뜻을 가진 것은 아니다.

후다이르가 휘두른 필살의 일격은 다륜의 자세조차 바꾸지 못한 채 튕겨나갔다.

“나키르(죄를 묻는 천사) 앞에 나아가 생전의 죄를 고백하거라. 나는 배신해서는 안 될 것을 모조리 배신했노라고 말이다!”

바람 가르는 소리와 함께 다륜의 장검이 날아들어 후다이르의 머리를 박살냈다. ‘샤오 아르슬란의 프라마타르’가 되지 못한 성주는 비명조차 없이 성벽 밑에 쓰러졌다.

밤공기에 피 냄새가 섞이고, 산간의 강한 바람이 금세 이를 성 밖으로 실어 날랐다.

V

"너희의 주군은 죽었다. 이 이상 죽은 자를 위해 싸우겠나?"

나르사스가 외치고, 다륜이 성주의 목을 높이 쳐들자 병사들은 전투를 중지했다. 이미 스무 명도 넘는 사망자가 나왔으며 부상자는 그 두 배였다. 심지어 그중에는 무턱대고 휘둘러대던 아군의 검에 상처를 입은 자도 있었다.

주군을 잃고 사기를 잃은 그들은 오히려 이 역귀들을 쫓아내고 싶어졌을지도 모른다. 나르사스의 말에 순순히 성문을 열었다.

이대로 카샨 성을 차지하고 본거지로 삼을 수는 없을까? 나르사스가 그런 생각을 하지 않았던 것은 아니지만, 아르슬란이 카샨 성의 어떤 방향으로 기수를 돌리자 슬쩍 어깨를 으쓱했다.

"무엇을 하시려는 겁니까, 전하?"

"기왕 이렇게 되었으니 후다이르의 굴람들을 해방시켜 줄까 생각한다. 지금 노예 오두막의 장소를 물어보았다."

왕자는 말을 몰았고 나머지 다섯도 그 뒤를 따랐다. 다만 무조건 왕자에게 찬성하는 표정은 찾아볼 수 없었다.

흙을 다져 만든 노예 오두막 앞에서 말을 멈추고 뛰어

내린 왕자는 문에 채워진 자물쇠를 검으로 부수었다. 문을 활짝 열자 비좁게 웅크리고 자던 노예들이 놀라 일어났다.

"자, 어서들 가거라. 너희는 이제 자유다."

노예들은 의심스러운 눈초리로 애젊은 왕자를 바라보았다. 한동안 아무도 움직이려 하지 않았다.

이윽고 다륜과 비슷한 신장을 가진 커다란 잔지(흑인 노예) 하나가 굵직한 목소리로 물었다.

"우리 주인님인 후다이르 경께서는 이 사실을 아십니까?"

"후다이르는 죽었다. 그러니 너희가 자유로워진 것이다."

"주인님이 돌아가셔?!"

아르슬란은 예상도 못했던 일이지만, 놀라움과 함께 분노의 외침이 터졌다.

"네놈이 죽였구나!"

"이 천하의 나쁜 놈. 주인님의 원수다! 놓치지 마라!"

노예들은 괭이며 가래를 들고 무리를 지어 일어났다. 달려온 다륜이 말 위에서 왕자의 몸을 낚아챘다. 조금이라도 늦었다면 아르슬란은 노예들의 손에 뭇매를 맞아 죽었을 것이 분명했다.

6기의 인마는 한 덩어리가 되어 성문을 달려나갔다.

맨 뒤에 있던 엘람이 말 위에서 몸을 돌리고 본 것은 큰 목소리로 욕설을 퍼부으며 성문에서 밀려나오려 하는 노예들의 대군이었다.

일행은 산길을 뛰어내려 성을 벗어났다.

노예들이 좇아오기는 했으나 사람의 걸음인 데다 횃불을 밝히고 있다. 따라잡힐 걱정은 없었다.

선의를 정면으로 부정당한 아르슬란은 말 위에서 입을 꾹 다물고 있었다. 이를 쳐다보며 나르사스가 말했다.

"후다이르는 자신의 노예들에게는 착한 주인이었던 겁니다. 그 노예들이 보기에는 전하도, 저희도 주인의 원수인 셈이지요."

아르슬란은 나르사스를 돌아보았다. 맑게 갠 밤하늘 색 눈동자가 빛을 냈다.

"왜 가르쳐주지 않았나? 이렇게 되지 않을까 하고."

"미리 말씀드렸다 해도 전하께서는 수긍하지 못하셨을 겁니다. 세상에는 경험하지 않고서는 결코 이해할 수 없는 일들이 있다 생각하였기에 일부러 만류하지 않았습니다."

"……그것은 그대 자신의 경험이기도 하기 때문인가, 나르사스?"

아르슬란의 물음은 정곡을 찔렀다. 나르사스는 입가에 씁쓸한 표정을 머금었다.

"제가 5년 전에 아버지의 자리를 이으면서 굴람을 해방하였다는 사실은 아시지요, 전하?"

그 말은 다륜에게 들어 아르슬란도 알고 있었다. 그러나 그 지식은 완전하지 못했다.

5년 전 신두라, 튀르크, 투란 3국 연합군의 침공을 기략으로 물리친 후, 나르사스는 잠시 자신의 영지로 돌아왔다. 그리고 이미 해방했던 굴람들이 8할가량이나 돌아와 일을 하는 것을 발견했다.

그들에게는 어엿한 아자트로 살아갈 만한 기술도 목적도 없었다. 나르사스는 굴람을 해방하면서 1년을 살아갈 생활비를 주었으나, 그들은 계획적으로 돈을 쓰는 데 익숙하지 못했다. 극히 짧은 시간 동안 돈을 탕진하고 나르사스의 곁으로 돌아왔던 것이다.

"지난번 주인님은 착하셨는데. 지금 주인님처럼 우릴 쫓아내진 않으셨는데."

굴람들이 젊은 주인을 비판하는 목소리는 나르사스에게 충격을 주었다. 5년 후의 아르슬란과 완전히 똑같이…….

"관대한 주인 밑에서 노예로 살아가는 것. 이것만큼 편한 삶은 없습니다. 스스로 생각할 필요도 없고, 그저 명령만 따르면 집도 음식도 나오니까요. 5년 전의 저는 그 사실을 몰랐던 겁니다."

엘람이 경애하는 주인에게 걱정스러운 눈빛을 보냈다. 아르슬란은 다시 질문했다.

"하나 그대는 신념에 따라 정의를 행하지 않았나. 안 그런가?"

나르사스는 한숨을 쉬는 것 같았다.

"전하. 정의란 태양이 아니라 별과도 같은 것일지 모릅니다. 별은 하늘에 수없이 많으며, 서로 빛을 상쇄하고 있지요. 다륜의 백부님이 곧잘 이런 말씀을 하셨습니다. 너희는 자신만이 옳다고 생각하느냐고."

그 말에 다륜도 복잡한 표정을 지었다.

"그러면 나르사스, 인간에게 사실 자유란 필요 없는 것이 아닐까?"

"아닙니다, 전하. 인간은 본래 자유를 추구하는 법. 노예들이 자유보다도 사슬에 매인 채 안락을 추구하게 된 것은 잘못된 사회제도 탓입니다."

나르사스가 갑자기 고개를 가로저었다.

"……아니. 전하, 무슨 일에든 제 말 따위에 좌우되지 마십시오. 전하는 대도大道를 걷고자 하시니, 부디 그 길을 나아가 주십시오."

그때, 침묵을 지키던 다륜이 처음으로 입을 열었다.

"그러면 전하, 어느 방향으로 가시겠습니까?"

남쪽으로 가면 광대한 건조지대를 종단해 항구도시 길

란에 이른다. 동쪽으로 기수를 향하면 멀리 동방국경에 이르러 신두라나 튀르크군과 대치하는 키슈바드, 바흐만의 부대와 합류할 수 있을 것이다. 서쪽으로 가면 서방국경을 지키는 보병 중심의 부대가 있다…….

어느 방향으로 갈까?

아르슬란이 말을 세우자 나머지 다섯도 멈추었다. 파르스 샤오 안드라고라스 3세의 아들이자 제19대 국왕이 될 열네 살짜리 소년은 일동을 돌아보았다.

문득 마음속으로 생각했다. 이 다섯이 언제까지 이렇게 자신을 따라와줄까. 그들이 자신에게 정을 떼기 전에 어엿한 군주가 되어야만 한다.

"동쪽으로."

왕자는 말했다. 그는 왕도를 탈환하고, 행방불명된 아버지, 루시타니아군에게 사로잡힌 어머니를 구출해야만 한다. 그러려면 병력이 필요했고, 현재 파르스 최대의 병력은 동방국경에 있다.

밤은 곧 밝아오기 시작했다.

VI

샤힌(매) 한 마리가 창공을 가르며 태양이 뜨는 방향으로 날아가고 있었다.

파르스의 동방국경.

과거에는 바다흐샨 공국의 영토였던, 바위산과 사막과 반사막의 땅. 드문드문 자리 잡은 오아시스, 루비를 중심으로 한 풍요로운 광물자원이 불모의 대지에 한 나라를 존립케 했다.

이보다도 동쪽으로 나아가면 거대한 카베리 강을 지나 신두라 왕국의 영토로 접어들게 된다. 그 바로 앞에 첩첩이 놓인 산들 중 한 곳에는 파르스군의 거점인 페샤와르 성새가 붉은 사암으로 지어진 모습을 보이고 있다.

매는 크게 선회하여 고도를 낮추었다.

페샤와르의 성벽 중에서도 한층 높게 지어진 고대高臺 위에 갑옷 차림의 한 사내가 서 있었다. 매를 맞이하고자 왼팔을 높이 든다. 가볍게 내려앉은 매는 주인의 팔에 앉아 어리광을 부리듯 한 차례 울었다.

"그래그래, 아즈라일. 먼 길 오느라 고생이 많았구나."

그의 이름은 키슈바드라 한다. 안드라고라스 3세 휘하에서 용명을 떨친 열두 마르즈반(만기장萬騎長) 중 한 명이다. 나이는 스물아홉이며 마르즈반 중에서는 다륜 다음으로 젊고, 균형 잡힌 장신은 다륜 못지않다. 단아한 얼굴에 모양 좋은 수염을 길렀고 두 눈은 부드럽다.

타히르(쌍검장군)라는 별명은 두 자루의 검을 다루는 변화무쌍한 검술에 능하다 하여 붙은 것이다. 천기장 시절부터 서방국경을 수비했고, 미스르 군을 상대하면서 용병과 검술로 이름을 떨쳤다. 파르스와 미스르의 국경 부근에는 디즐레라는 큰 강이 흐르는데, 사람들은 '타히르 키슈바드가 있는 한 날개가 있다 한들 디즐레 강을 건너지 못하리라.' 라고 칭송할 정도였다.

2년 전 파르스와 미스르 양국 사이에 휴전이 체결되었을 때 키슈바드는 동방국경으로 배속되었다. 미스르 측의 요구였는데, 그 대신 파르스는 미스르에게서 다섯 개의 성새를 받았다.

키슈바드가 매의 발에 묶인 양피지를 풀어 살펴보고 있으려니, 성벽으로 올라온 병사가 그에게 보고했다. 키슈바드의 동료, 마르즈반 바흐만이 그를 부른다는 것이었다.

바흐만은 노련한 장수로 알려졌다. 나이도 예순둘이라 마르즈반 중 가장 많다.

아트로파테네에서 전사한 에란(대장군) 바흐리즈와는 45년지기 전우였다. 몸집은 땅딸막해도 노인이라고는 생각할 수 없을 정도로 탄탄하며 안광도 젊은이처럼 날카롭다. 머리와 수염은 회색이지만 그 점을 제외하면 열 살은 젊게 보인다.

키슈바드가 그의 방으로 들어갔다.

"노장군, 실례하겠습니다."

“자네가 자랑하는 샤힌이 보아하니 왕도 엑바타나에서 소식을 가져온 모양이지?”

“소식도 빠르십니다.”

슬쩍 웃은 키슈바드는 노인이 권하는 대로 융단 위에 책상다리를 하고 앉았다. 흑인 소녀가 후카(맥주)가 든 단지와 은잔을 가져다 놓고 물러났다.

“그래, 왕도에서 길보는 있었나?”

“별로 길보라고는 말씀드릴 수 없습니다. 아무래도 이름을 잘못 지었는지.”

키슈바드는 그렇게 말하며 쓴웃음을 지었다. ‘아즈라일’이란 파르스 신화에 등장하는 아름다운 천사로, 신들의 뜻을 받들어 인간에게 죽을 때를 알리는 역할을 맡고 있다. 굳이 따지자면 불길한 이름이기는 하다.

왕도 엑바타나에는 키슈바드가 신뢰하는 부하가 잠입하여, 한 달에 세 차례 매를 이용해 왕도의 온갖 정보를 키슈바드에게 가져다주었다. 군사적으로도 키슈바드 개인에게도 이는 귀중한 것이었다.

“……그러한가. 국왕 폐하, 왕태자 전하 모두 아직까지 행방을 모른단 말이지.”

“확실한 것은 타흐미네 왕비님께서 생존하셨다는 점입니다. 그것도 루시타니아 진중에 계시다는군요. 그 이상은 영, 좋다고도 나쁘다고도…….”

조바심이 나는 듯 키슈바드는 고개를 가로저었다.

양피지에 적힌 바에 따르면 왕도 엑바타나를 중심으로 배치된 루시타니아군은 약 30만. 이만한 대군을 먹여 살리기란 매우 힘든 일인지라 엑바타나 시민들은 매일 약탈에 떨고 있다.

"언젠가 식량이 부족해지면 루시타니아군도 어느 정도 병력을 분산시켜야 할 테지만……."

"우리라 해도 무한한 대군을 가지고 있는 것이 아니니 말일세."

"그렇습니다. 모조리 동원한들 10만도 되지 않을 것입니다."

지금 그들이 움직일 수 있는 병력은 기병 2만, 보병 6만 정도였다. 그나마 동방국경을 텅 비워놓아도 상관없다는 조건이 붙는다.

"신두라만이라면 안심해도 좋을 것입니다. 국왕의 병세가 위중하여 다음 왕위를 둘러싸고 라젠드라와 가데비 두 왕자 사이에서 아무래도 피가 흐를 수밖에 없을 거라 하니 말입니다. 국경을 건너 침공할 여유가 있겠습니까?"

그러나 튀르크, 투란 두 나라에는 별다른 내분의 조짐이 없다. 텅 비워놓은 국경을 통해 두 나라의 대군이 밀려들어온다면 설령 왕도는 탈환한다 하더라도 국토의 절반을 적국의 손에 넘겨야만 하는 것이다.

결국 당장 움직이려 해도 움직일 수가 없다. 당분간 조금 더 상황을 지켜볼 수밖에.

탐탁지 못한 결론을 얻고 키슈바드가 방을 나가자, 홀로 남은 바흐만은 지친 듯 얼굴을 문질렀다.

바흐만은 젊은 동료에게 밝히지 않은 비밀이 있었다. 아니, 자신 말고는 아무도 모르는 비밀이었다.

그 비밀을, 지금 바흐만은 자신의 책상에 담아두고 있다. 한 통의 편지였다. 아트로파테네 회전에 앞서 에란 바흐리즈에게 맡았던 것이었다. 이를 읽었을 때 바흐만은 자신의 낯빛이 바뀌는 것을 똑똑히 느꼈다. 45년 동안 전장에서 남에게 뒤처져본 적이 없었던 역전의 노장이 두 번 다시 그 편지를 보려고도 하지 않았다.

"나 이거야 원. 바흐리즈 장군, 자네는 참으로 어처구니없이 무거운 선물을 나에게 주고 떠나가버렸구먼."

혼잣말을 중얼거리는 노인의 표정과 목소리는 모두 무거웠다.

"나는 군을 지휘하는 것 말고는 아무런 능력도 없네. 일국의 운명에 관한 비밀을 끌어안을 만한 역량은 없단 말일세. 바흐리즈 장군, 하다못해 자네의 조카가 살아 있다면 책임을 나눌 수도 있으련만……."

늙은 바흐만은 마도사도 천리안도 아니었으므로 바흐

리즈의 조카 다륜이 아르슬란 왕태자를 보호하며 페샤와르로 달려오고 있음을 알 도리가 없었다.

"……하나 영웅왕 카이 호스로 이래 이어졌던 파르스 왕가도 자칫 잘못하면 여기서 끝나버릴지도 모르겠구나. 그런 꼴을 보느니 고타르제스 대왕 폐하의 전성기에 죽는 편이 나았을 것을."

한편 성벽 위에서는 키슈바드가 매를 향해 말을 걸고 있었다.

"아무래도 바흐만 장군이 나에게 무언가 감추고 있는 모양이다. 노인장께서 보자면야 나는 아직 신뢰하기 어려운 애송이일 테니 말이지. 그렇게까지 못 미덥다고는 생각하지 않는데……."

매는 대답하지 않고, 주인의 팔이라는 안식의 장소를 얻어 만족스럽게 푸른 하늘을 올려다보고 있었다.

제2장 마도의 군상

I

파르스력 320년 가을 이후 파르스 왕도 엑바타나는 침략자 루시타니아군에게 지배당하고 있었다.

바로 최근까지 엑바타나는 아름다운 도시였다. 사회제도의 모순이나 빈부의 차이는 있을지언정 그래도 대리석으로 만들어진 왕궁과 신전은 밝은 햇빛에 반짝였으며 돌이 깔린 도로 양쪽에는 포플러 가로수와 수로가 있고, 봄이 되면 랄레(튤립) 꽃이 향기를 자랑하며 흐드러지게 피어났다.

아름다움을 추악함으로 바꾸려면 한순간이면 족하다. 루시타니아가 침략한 직후 엑바타나는 피와 시체와 오물에 뒤덮였으며 이는 지금도 별반 다를 바 없었다. 파르스인들의 입장에서는 루시타니아인의, 특히 하급병사들의 불결함과 무지함과 천박함은 믿을 수 없는 수준이었다. 제대로 목욕도 하지 않고, 의사가 마취를 한다는 것도 몰랐으며, 세리카에서 온 종이를 보고 신기해했다. 차를 마셔본 적조차 없다. 그리고 물론 정복자라는 의식만이 높아 마음에 들지 않는 일이 있으면 검을 뽑아 민중을 살상했다.

그 오만한 압제자 루시타니아군의 장병을 공황에 빠뜨리는 사건이 발생한 것은 겨울 초입에 들어선 어느 날이었다.

백작이자 기사단장이자 장군이기도 하며 나아가서는 주교이기도 한 유력자 페델라우스가 기괴한 최후를 맞았던 것이다.

……그날 밤, 12월 5일. 페델라우스는 백포도주에 취해 몇몇 기사를 거느리고 자신에게 배정된 저택으로 걸어가고 있었다. 그는 자신이 사악한 이교도들을 어떻게 벌하였는지 고래고래 자랑스럽게 떠들어대고 있었다. 큰 솥에 기름을 펄펄 끓이고 이교도 갓난아기를 산 채로 집어던져 튀겼으며, 그 부모를 검으로 위협해 이를 먹게 했다――는 것이 그의 가장 큰 자랑거리였다. 그 후 어머니는 미쳐버리고 아버지는 맨손으로 페델라우스에게 달려들었다가 갈기갈기 베여 죽고 말았다.

동행한 기사들은 도가 지나친 잔학함에 아연실색했으

며 역겨움을 느끼는 자도 있었으나, 유력자인 페델라우스가 노려보면 거짓 웃음을 지을 수밖에 없었다. 페델라우스의 비위를 상하게 했다가 두 눈에 바늘이 박힌 하인이 있다는 사실을 알기 때문이다.

이윽고 페델라우스는 동행과 떨어져 화단에 들어가 노상방뇨를 시작했다. 같은 귀족이라도 파르스의 귀족이라면 절대 하지 않을 짓이었다. 애초에 루시타니아인들의 집에는 이따금 화장실조차 없었으며 파르스인에게는 당연한 하수도의 존재조차 몰랐다.

갑작스러운 일이었다.

"끄억."

둔탁한 비명이 페델라우스 백작의 입에서 새어나왔다. 놀라 돌아본 기사며 위병들은 창졸간에 무슨 일이 일어났는지 이해하지 못했다.

백작은 몸을 뒤로 젖힌 채 비틀거리더니 허리춤의 검에 손을 댄 직후, 지상에 쓰러졌다. 기사와 위병들은 황급히 달려가 백작을 부축해 일으켰다. 그리고 백작의 하복부가 날붙이에 깊이 도려져나가 피와 내장을 쏟아내는 모습을 보았다.

페델라우스의 죽음을 슬퍼한 자는 하나도 없었으나 살해당한 이상 범인을 찾지 않을 수는 없었다. 그들은 어둠을 헤치고 주위를 둘러보았다. 그리고 발견한 것이다. 다섯 걸음 정도 떨어진 지면에서 검을 쥔 손이 돋아나 있는 모습을. 그들이 아연실색해 지켜보는 가운데 검과 손은 슬금슬금 땅속으로 사라졌다.

기사 중 하나가 그 자리로 달려가 날이 넓은 검을 칼집에서 뽑더니 지면에 박았다. 칼날에 부딪쳐 돌과 흙이 튀어나갔으나 그저 그뿐이었다.

다음 순간, 기사의 두 무릎 언저리에서 허연 빛이 번뜩였다.

속이 메슥거리는 광경이 출현했다. 기사의 두 무릎이 절단되어 기사의 몸은 옆으로 미끄러지듯 흙 위에 쓰러졌다. 무릎 아래쪽의 두 다리만이 그대로 땅 위에 서 있었다.

"괴물이다! 사교의 악마가, 우리 발밑에 숨어 있다!"

공포와 당혹감이 그들을 에워쌌다. 그들에게 이알다바오트 교의 가르침과 그들 자신의 경험으로 이해할 수 없는 것은 모두 악마의 소행이었다. 그들이 이해하지 못하는 외국어는 악마의 언어였으며 이교도가 독자적으로 세운 문명은 악마의 문명이었다. 그리고 지금 그들이 경험한 것이야말로 바로 악마니 괴물이 실존한다는 증거였다.

밤바람의 방향이 바뀌고, 그들의 코에 왈칵 피 냄새가 밀려들어오자 비명을 터뜨리며 한 사람이 도망쳤다. 비명을 지르며 나머지 전원이 그 뒤를 따랐다.

"이알다바오트 신이시여, 구원하소서!"

그 외침은 그들의 평생을 통틀어 가장 순수한 기도였을 것이다.

그들이 도망친 자리에는 어둠과 두 구의 시체만이 남았다. 또 하나, 검을 쥔 손이 어둠 속에서 한동안 희끄무레하게 꿈틀거렸으나 천천히 지면 속으로 모습을 감추었다…….

기괴한 사건의 소식을 듣고 루시타니아군의 사실상 총책임자인 기스카르 공작은 왕궁으로 향했다. 또한 그는 루시타니아 국왕의 동생이기도 했다.

대주교이자 인퀴시티아(이단심문관)이기도 한 보댕이 왕의 곁에 서서 독이 깃든 시선을 기스카르의 옆얼굴에 쏘아보냈다. 적어도 기스카르에게는 그렇게 여겨졌다.

'벌써 와 있었군. 잽싸기도 하지.'

기스카르는 속으로 욕설을 퍼부었다.

루시타니아 국왕 이노켄티스 7세는 설탕물을 담은 은잔을 입가에 가져다 댄 채 안절부절못하며 눈을 이리저리 굴려댔다. 현실감각 따위 전혀 없는 사내지만 동생과 대주교가 서로 반감을 품었다는 것만은 잘 안다.

이날, 먼저 입을 열고 시비를 건 사람은 기스카르였다. 파르스의 아자트 여자 중에서 그의 취향에 맞는 미녀 하나를 침대로 데려갔다가 불려나오는 바람에 처음부터 기분이 좋지 못했던 것이다.

"대주교 예하, 이것은 지상의 소소한 문제이지 천상의 영광과는 상관이 없는 문제요. 예하께서 마음을 쓰실 필요는 없소."

어조는 정중했으나 기스카르의 눈은 이렇게 말하고 있었다.

'쓸데없는 참견 마라, 성인인 척하는 사이비 성직자.'

보댕은 그 정도로 물러날 인간이 아니었다. 때로는 국왕 이노켄티스 7세에게조차 고함을 질러대는 자였다. 이알다바오트 교의 배타성과 독선을 한 몸으로 대표하는 자이며 강대한 교회 권력이 승복을 입고 돌아다니는 것 같은 인물이었다.

"이거 왕제 전하께서 하신 말씀으로 여겨지지 않소이다. 사교의 괴물에게 살해당한 페델라우스 백작은 궁정의 중신이자 교회의 간부이기도 하였습니다. 신의 이름으로 사교가 발호하는 이 나라 놈들에게 복수를 해야 할 것입니다. 따라서 천상의 영광과 상관이 있는 문제가 아니겠습니까?"

"복수?"

"그렇습니다. 이알다바오트 교도 한 사람의 목숨은 이교도 천 명의 목숨에 해당하지요. 하물며 성직자의 목숨이라면…….”

만 명의 이교도가 목숨으로 갚게 해야 한다. 보댕 대주교는 그렇게 주장했다.

“대주교의 의견은 이렇다만, 기스카르, 내 동생아. 어떻게 하면 좋겠느냐.”

이노켄티스 7세는 설탕물 잔을 두 손으로 감싸 쥐고 물었다.

‘보댕 이놈. 광신자가 아니라 이제는 그냥 광인이구나.’

기스카르는 속으로 혀를 찼다. 좀 더 제대로 된 감각을 가진 인간이라면, 다시 말해 기스카르 같은 사람이라면 진범을 찾아내 잡아야 한다고 생각할 것이다.

“1만 명이나 되는 인간을 화형에 처할 만한 장소며 장작을 어떻게 마련할지, 그것도 문제가 되겠는걸.”

이노켄티스 7세는 동생의 속도 모르고 다소 방향이 엇나간 걱정을 하고 있었다. 기스카르는 형에게 고함을 지르고 싶은 충동을 간신히 억눌렀다.

보댕이 다시 입을 열었다.

“혹시 몰라 말씀드리겠습니다만, 연기를 내지 않도록 천천히 태워 죽여야 하옵니다.”

기스카르는 다시 한 번 혀를 차지 않을 수 없었다.

원래 화형이 잔학한 처형법인 것은 사실이지만, 사실

화형보다도 잔학한 처형법은 달리 얼마든지 있다. 보통 화형이라면 장작에 불이 붙어 잠시 지나면 엄청난 연기가 피어올라 처형당할 죄인은 연기에 질식해 실신하거나 혹은 그대로 죽어버린다. 화형에 처한다는 것은 태워 죽인다기보다는 죄인이 저지른 죄를 불로 정화한다는 종교적인 의미가 더 강한 것이다.

그러나 연기가 나지 않도록 천천히 화형——하면 어떻게 될까. 이야기가 완전히 달라진다. 말 그대로 죄인을 의식 있는 채로 태워 죽이게 된다. 죄인의 고통은 상상을 초월할 것이다.

"죄인 1만은 구성이 한쪽으로 치우쳐서도 아니됩니다. 파르스 전체의 죄를 갚아야 하는 까닭에 남녀가 절반이 되도록 하여 아기, 어린이, 청년, 중년, 노인을 각각 5분의 1씩 채워야 합니다."

"그러면 갓난아기와 어린이를 2천씩이나 죽여야 한다는 게요, 예하는?"

터무니없는 소리를 한다고 기스카르는 세 번째로 혀를 찼다. 죄도 없는 인간을 1만 명이나 죽이면 그 열 배의 증오가 루시타니아군으로 향할 것이다.

기스카르는 딱히 이교도의 운명을 동정한 것은 아니었다. 각별히 인품이 자비롭지도 않았다. 그러나 기스카르에게는 정치가로서의 생각도 있었으며, 다른 두 사람에게는 결핍된 것—— 다시 말해 상식도 있었다.
"예하는 지금 우리가 처한 상황을 이해하지 못하신 모양이구려. 우리는 파르스 왕도를 점령하고 마르얌 방면의 교통로를 확보했을 뿐, 아직 파르스 전체를 평정했다고는 도저히 말하기 어렵소."
"그야 이를 말이겠습니까. 그런 까닭에 이알다바오트 신의 영광과 루시타니아 국왕 폐하의 권위를 이참에 이교도 놈들에게 철저하게 가르쳐주어야 한다는 겁니다. 그러기 위해 유혈을 피할 수 없다면 굳이 피하지 않는 것이야말로 신의 뜻을 따르는 일 아니겠습니까."
"파르스만의 문제가 아니오. 미스르, 투란, 튀르크, 신두라—— 파르스의 이웃 국가들이 언제 이를 드러내고 달려들지 모른단 말이외다. 이러한 국가들이 군세를 합친다면 그 숫자는 수백만 밑으로는 빠지지 않을 텐데 우리 군은 30만. 도저히 대항할 수 없소. 국내에서 이 이상 풍파를 일으키고 싶지 않다는 말이오만……."
기스카르의 말에 과장은 있을지언정 거짓은 없었다. 가령 투란 같은 나라가 파르스의 위기를 구한다는 명목으로 쳐들어온다 한들 루시타니아에 이를 나무랄 자격은 없다.
그러나 보댕 대주교는 일언지하로 정리해버렸다.
"백만 이교도 따위 무엇을 두려워할 필요가 있습니까. 신의 가호를 입은 성스러운 전사는 혼자서도 백 명의 이교도를 쳐부술 수 있거늘."

반론할 기력을 잃고 기스카르는 입을 다물었으나, 대주교의 다음 말에는 하마터면 눈을 까뒤집을 뻔했다.

"만일 기스카르 공께서 감당이 안 되신다면 마르얌에 주둔하는 신의 종복, 템페레시온스(성당기사단)를 불러 성전聖戰에 가담토록 할 수도 있습니다만……."

국왕 이노켄티스 7세는 당황한 표정으로 동생을 돌아보았다. 세리카에서 온 자단 테이블에 은잔을 놓자 설탕물이 출렁출렁 넘쳐나 테이블을 적셨다.

"지금 템페레시온스를 마르얌에서 불러들이겠다고 말씀하셨소, 대주교 예하?"

볼썽사납게 대주교의 말을 되풀이한 것은 기스카르의 충격이 얼마나 컸는지를 뜻했다. 템페레시온스의 무력과 보댕의 종교지도력을 합치게 놓아둔다면 왕권에는 불리해진다. 그렇게 생각했기에 기스카르는 템페레시온스가 파르스까지 오지 못하도록 마르얌에 주둔시키는 책략을 강구했던 것이다. 그것이 모두 허사로 돌아간다.

보댕은 희미한 웃음을 지으며 기스카르를 바라보았다.

"그자들은 마르얌에서 이교도와 이단자 들을 이미 150만 명 정도 죽였다 하지 않소. 절반 이상이 여자, 아이, 노인, 병자였다니 훌륭한 무훈이라 해야 하겠구려."

기스카르는 이노켄티스 7세를 곁눈으로 노려보며 내

뱉었다. 이 대량학살을 허가한 것은 그의 형왕이었다.

“가장 잔혹한 죽음을 맞이해야 비로소 이교도의 죄가 정화되는 것입니다. 그것이 이알다바오트 신의 뜻이자 자비입니다.”

보댕의 목소리는 산들바람만큼도 흔들리지 않았다. 편견과 광신의 대지에 깊이 뿌리를 박은, 인간의 형태를 한 독선의 거목. 그것이 보댕이었다. 새삼 그 사실을 알고 기스카르는 한기를 느끼지 않을 수 없었다. 그는 결코 기질이 약한 사내가 아닌데도.

“하지만 여자나 아이들까지 죽이지 않더라도…….”

“여자는 언젠가 아이를 낳습니다. 아이는 성인이 되어 이교도의 전사가 되며, 노인과 병자도 한때는 이교도의 전사로서 이알다바오트 교도를 죽였을지 모를 일.”

보댕은 자랑스레 목소리를 높였다.

“신이 이를 원하셨습니다. 그렇기에 일어난 일입니다. 인간의 의지에 따른 것이 아닙니다. 그렇기에 실현되었습니다. 기스카르 공께서는 무언가 이의가 있으신지?”

기스카르는 입을 꾹 다물었다. 신을 들먹이면 논의 따위 성립될 여지가 없다. 이때 기스카르는 보댕의 자신을 정당화하는 데 툭하면 신을 거론하는 비열함을, 그리고 이를 비열하다고 자각하지 못하는 둔감함을 진심으로 증오했다. 문득 소소한 반격 방법이 그의 마음속에 떠올랐다.

"그건 그렇다 쳐도 오늘 밤의 사건에는 아무래도 석연찮은 점이 한 가지 있소만. 예하께 가르침을 청하고 싶구려."

"그것이 무엇입니까, 왕제 전하?"

"아니, 단순한 문제요. 이알다바오트 신께서는 신심 돈독한 자를 어찌하여 사교도의 마수에서 구원해주시지 않으신 거요?"

그 목소리가 보댕 대주교의 귀에 독화살처럼 호되게 박혔다. 기스카르는 이날 밤 처음으로 대주교에게서 승리감을 맛볼 수 있었다.

"신을 모독하려는 겁니까, 이——."

보댕은 거친 목소리를 냈으나 아무리 그래도 상대의 신분을 가늠했는지, 혹은 무언가 꿍꿍이가 있는지 갑자기 표정을 거두고 점잖은 목소리를 냈다.

"신의 지혜는 광대무변하여 소인의 치졸한 머리로는 도저히 헤아릴 수가 없습니다."

마지막에만 성직자다운 소리를 늘어놓고 보댕이 퇴실하자 기스카르는 대리석 바닥에 침을 뱉었다. 이것 또한 파르스의 귀족이라면 결코 하지 않을 짓이었으나 기스카르에게는 그나마 상당히 감정을 억누른 행동이었다.

언짢아하는 동생에게 이노켄티스 왕이 말을 걸었다. 거의 아첨하는 듯한 목소리였다.

"기스카르. 그보다도 좀 더 중요한 이야기가 있는데 들어주지 않겠느냐?"

"호오, 무엇입니까?"

왕제의 대답에는 열의가 없었다.

"사실은 말이다, 타흐미네가 자기 남편인 안드라고라스 왕을……."

"살려달라고 요구하기라도 했습니까?"

"아니아니, 그자의 목을 원한다고, 안 그러면 결혼하지 않겠다지 뭐냐."

기스카르조차 한순간 말을 잃었다.

타흐미네란 왕궁 내에서 사로잡았던 파르스의 왕비다. 그 타흐미네 왕비가, 남편인 안드라고라스 3세의 목을 요구했다고?! 대체 무슨 일이란 말인가. 무슨 꿍꿍이란 말인가.

"듣고 보니 지당한 말 아니냐. 그자가 살아있는 한 타흐미네는 중혼의 죄를 저지르는 셈이니 말이다. 용케 결심을 해주었다 싶지."

국왕은 천진난만하게 기뻐한다. 타흐미네가 결혼을 향해 한 발을 내디뎠다고 믿어 의심치 않는 것이다.

물론 기스카르의 생각은 형왕과는 전혀 달랐다.

'그 아름다운 왕비가 아무래도 터무니없는 암여우였나 보군…….'

기스카르가 그렇게 생각한 이유는, 현재 루시타니아군 최상층부 내에서 대립이 발생했음을 왕비가 간파한 것이 아닐까 의심했기 때문이었다.

II

날이 밝았다.

은가면을 쓴 사내—— 제17대 파르스 샤오 오스로에스 5세의 아들 히르메스는 왕도를 점령한 루시타니아군의 내부에서 일어난 온갖 사건을 만년설처럼 싸늘하게 관찰하고 있었다. 땅속에서 팔을 내밀어 사람을 죽이는 괴물. 여기에 당황해 소란을 떨어대는 루시타니아의 장병들. 히르메스에게는 냉소의 대상밖에 되지 않았다.

그의 앞에 있는 의자는 등받이와 팔걸이가 달리고 비단을 깔아놓은 큼지막한 것이었다. 그곳에 손님이 앉아 있다. 루시타니아 국왕의 동생이며 히르메스의 형식상 상관인 기스카르 공작이었다. 비단 손수건으로 얼굴을 닦는다. 땀은 전혀 흘리지 않는데도. 표정을 감추기 위해서일 것이다.

"안드라고라스를 끌어내라고, 그렇게 명령하셨습니까?"

가면의 구멍 너머로 싸늘한 안광이 뿜어져 나와 기스

카르 공작은 머쓱해졌다. 그는 이 은가면의 사내를 능력면에서는 신용했으나 결코 마음을 허락하지는 않았다.

"명령이 아니라, 고려라도 해줄 수 없겠느냐는 걸세."

"약속하지 않으셨습니까. 안드라고라스의 신병은 저에게 모두 맡기시기로. 다른 보수는 전혀 요구하지 않는 대신."

내치듯 말한 다음 히르메스는 어조를 바꾸어 사정을 물었다. 기스카르가 약속을 어긴 이상 분명히 나름의 이유가 있으리라 보았기 때문이었다.

기스카르의 입에서 흘러나온 사정은 히르메스에게도 매우 의외였다.

"그러니까, 안드라고라스의 모가지를 보기 전까지는 폐하와 결혼할 마음이 없다고, 타흐미네가 그렇게 말했단 겁니까?"

은가면의 두 눈에서 새어나오던 빛이 더욱 험악해졌다. 히르메스는 처음부터 타흐미네를 괴물 같은 여자라 보고 있었다. 아버지와 숙부를 현혹한 마녀가 무언가 좋지 못한 간계를 꾸민다고 생각했다.

"자네도 알겠지? 특히 안드라고라스를 살려두어서는 안 된다는 한 가지 면에서는 형님과 보댕 대주교의 이해가 일치하네. 형님의 입장에서는 타흐미네 왕비와 결혼하기 위해서는 안드라고라스가 방해된다는 사실은 말할 필요도 없을 테고."

"대주교는?"

"놈은 원래 이교도의 피에 굶주렸네. 누가 말을 꺼냈든 어쨌거나 안드라고라스만 죽일 수 있다면 좋을 테니."

히르메스는 은가면과 함께 고개를 슬쩍 가로저었다.

"안드라고라스 놈을 죽여버리면 그것으로 끝이옵니다. 그러나 살려두면 여러모로 쓸모가 있을 것이옵니다."

기스카르는 고개를 끄덕였으나, 짐짓 마지못한 동작이었다.

"그렇게 생각하기에 자네에게 안드라고라스의 신병을 맡긴 걸세. 그 점에 있어서는 지금도 생각이 바뀌지 않았네."

"그러하시다면……."

"오해하지 말게. 자네가 설득해야 할 상대는 내가 아니야. 형님과 보댕이지."

처음으로 기스카르의 정한한 얼굴에 여유가 드러났다.

히르메스는 침묵했다. 그렇게 되자 은가면과 갑주로 늘씬한 몸을 덮은 그 모습은 신전에 장식된 승리의 신 베레스라그나처럼 보였다. 아주 어렸을 때부터 무예에도 학문에도 탁월해 죽은 부왕은 곧잘 이런 말을 했다.

"이 아이는 나 같은 자보다도 훨씬 뛰어난 왕이 될 것이다."

분명 그렇게 될 것이었다. 안드라고라스 놈이 형왕을 죽이는 대죄를 저지르지만 않았다면! 어찌 놈을 편히 죽게 내버려둘 수 있단 말인가.

"그러면 왕제 전하께서는 어떻게 하기를 바라십니까?"

"이번에는 내가 나설 자리가 없을 걸세. 형님과 보댕에게 달렸지."

"그렇사옵니까……?"

가면 안에서 히르메스는 비아냥거리듯 입술을 일그러뜨렸다. 기스카르의 생각은 눈에 보일 듯이 훤하지 않은가. 안드라고라스가 살해당한 후 이노켄티스 왕과 보댕 대주교의 대립은 더더욱 극심해질 것이다. 그렇게 될 수밖에 없다. 이노켄티스는 타흐미네 왕비와 결혼하기를 원한다. 보댕 대주교는 물론 이에 반대하고 방해하려 한다.

자, 그 결과 어떻게 될까.

이노켄티스는 타흐미네 왕비가 부추기는 대로 보댕을 추방하거나 혹은 처형할지도 모른다. 만일 그렇게 된다면 보댕이 이끄는 성직자들이 어떻게 반응할까. 벌벌 떨며 말도 붙이지 못하게 될까? 혹은 반대로 신도들을 선동하여 국왕을 원수라 규정할지도 모른다.

한편 보댕 대주교는 어떻게 나올까. 호락호락 추방이나 처형을 얌전히 기다리고 있을까? 이노켄티스 왕을 파계자, 배교자라 규정하고 왕위에서 끌어내리려 할지도 모른다. 그 후에 설마 스스로 왕위에 오를 리도 없으니 그의 뜻대로 움직이는 인형이 필요해지겠지.

어느 쪽이든 이노켄티스 7세의 운명은 경사를 맞이하기는커녕 매우 불안정해질 것이다. 기스카르는 분명히 이를 기대하고 있다.

이윽고 기스카르는 히르메스의 방을 나왔다. 원래 빠른 답변을 기대하지는 않았다. 그런 그에게 부하 기사 하나가 황급히 달려왔다. 그의 속삭임을 듣고 기스카르의 낯빛이 싹 바뀌었다.

"뭐야, 템페레시온스가 이미 도착했다고——?"

왕제 기스카르는 자신이 보댕의 교활함을 잘못 가늠했음을 후회했다.

타흐미네 왕비의 처우를 놓고 이노켄티스 7세와 대립을 시작했을 무렵, 이미 보댕은 마르얌에 사자를 보내 교회를 위해 싸워줄 템페레시온스를 불러들였던 것이었다.

템페레시온스의 총인원은 2만 4천 기. 루시타니아 정규군에 비하면 적지만 그렇다 해도 그들의 강점은 종교적인 권위에 있다. 템페레시온스가 검은 바탕에 은색으로 수놓은 신기神旗를 진두에 내걸면 루시타니아군은 싸우기도 전에 검을 거두고 말에서 내릴 것이다.

성문을 열게 하여 장대한 대열을 짓고 입성하는 템페레시온스의 모습에 보댕의 자랑스러워하는 웃음이 겹쳐졌다. 기스카르는 이를 갈았다. 곁에 있던 기사가 놀라 쳐다볼 만큼 큰 소리를 내며.

정오가 다 된 시각, 담판을 짓고자 보댕과 함께 찾아온 템페레시온스 단장 힐디고를 앞에 두고 이노켄티스 7세는 식은땀을 흘렸다.

"짐은 타흐미네와 결혼할 것이다. 그녀를 새 루시타니아 제국의 황비로, 그리고 그녀가 낳은 자식을 짐의 후계자로 삼겠다."

떨리는 목소리로, 그래도 끝까지 말을 마쳤다. 온몸의 용기를 쥐어짜냈을 것이다. 곁에 물러나 있던 기스카르는 의외라 생각하며 아주 조금이지만 타흐미네에 대한 형의 집념에 감탄했다.

"이럴 수가. 이알다바오트 신과 신도의 보호자인 루시타니아 국왕 폐하께서 이런 정신 나간 말씀을 하실 줄이야……."

짐짓 놀라는 척 템페레시온스 단장 힐디고가 조소를 보였다.

"그러한 헛소리를 듣기 위해 저희가 일부러 마르얌에서 먼 길을 달려왔다고 생각하시는지요?"

'헛소리'라는 무례한 말을 일국의 왕에게 던지고도

태연하다. 신과 직속된 신분을 자랑하는 만큼 인간세계에서의 예의 따위 무시하는 모양이었다.

그 후로 힐디고는 희미하게 웃으며 침묵을 지켰다. 검붉은 수염이 호흡에 따라 살짝 떨렸다.

보댕이 두 눈을 숯불처럼 이글거리며 국왕에게 다가갔다.

"어느 쪽을 택하시든 폐하의 결단에 달렸나이다. 이알다바오트 신의 영광을 지상에 구현하시어 성자, 성왕으로 불멸의 이름을 후세에 남기실지, 아니면 영원히 구제받을 길 없는 배교자로서 지옥의 불에 몸을 맡길지, 어느 쪽으로 하시겠습니까?"

'지옥'이라는 말은 어렸을 때부터 이노켄티스 7세에게는 가장 두려운 것이었다. 순식간에 국왕의 얼굴에서 핏기가 가시고 도움을 청하듯 의자 팔걸이를 붙들었다. 동생을 바라보며 입을 움직인다.

기스카르는 이를 무시했다. 딱히 심술을 부린 것은 아니었다. 템페레시온스 같은 강력한 아군을 얻어 보댕은 앞으로 점점 기고만장할 것이다. 대책을 강구해두지 않는다면 이제는 기스카르가 더 위험한 입장이었다.

III

기스카르 공작이 형왕이나 대주교나 템페레시온스 단장을 상대로 고독한 싸움을 벌이는 동안 히르메스는 자신에게 배정받은 파르스 귀족의 저택을 나와 뒷문 쪽에 있는 어떤 집으로 발을 옮겼다. 한 부상자를 방문하기 위해서였다.

부상자란 파르스의 마르즈반 삼이었다.

왕도 엑바타나가 함락되었을 때 용전하다 빈사의 중상을 입은 사내였다. 그가 방어전 지휘를 맡지 않았다면 엑바타나 함락은 좀 더 빨라졌을 것이다. 또한 그가 올렸던 책략—— 굴람들을 해방하여 방어전에 참가케 한다는 수단을 타흐미네 왕비가 채용했다면 왕도 함락은 더욱 멀어졌으리라.

안드라고라스가 왕도 수비를 그에게 맡긴 것도 이유가 없지 않았다.

병실 입구에 멈춰 서서 히르메스는 은가면 너머로 삼을 바라보았다.

삼도 그를 노려보았다. 몸의 절반이 붕대로 감겨 있었으나 기력은 전혀 쇠할 줄을 몰랐다. 잠시 시선을 나눈 후, 히르메스는 말을 걸었다.

“무릎을 꿇고 인사하지 못하겠느냐.”

“나는 파르스의 마르즈반이다. 파르스의 마르즈반이 무릎을 꿇는 상대는 천상의 신들 외에는 지상에 오직 하나, 파르스의 샤오뿐이다.”

삼의 두 눈에 강렬한 불꽃이 타올랐다.

“어찌 그대와 같은 야만족 루시타니아의 일당에게 무릎을 꿇을 수 있겠는가! 그래도 그러기를 바란다면 나를 죽여라. 나를 죽여 시체의 무릎을 꿇려 보아라.”

삼은 눈살을 찡그렸다. 붕대 안에서 상처가 쑤셨던 것이다.

“그 강직함, 마음에 들었다.”

히르메스는 진지한 어조로 중얼거리더니 실내로 한 걸음 들어섰다. 장화로 융단에 그려진 후마(불사조)를 밟고 선다.

“나에게는 그대에게 무릎을 꿇으라 명할 자격이 있다.”

“……자격이라고?”

“자격이 있다, 삼. 왜냐하면 나는 파르스의 참된 샤오이기 때문이지.”

“……네놈이 지금 제정신이냐.”

“제정신임을 증명해주마. 나의 아버지는 파르스 국왕 오스로에스 5세, 그리고 숙부는 찬탈자 안드라고라스다.”

삼은 숨을 멈추고 은색으로 빛나는 가면을 올려다보았다. 무인답게 날카로운 얼굴 안에서 몇 가지 표정이 바쁘게 교차했다.

"어떠냐, 내 이름을 알고 있겠지."

"히르메스 왕자님……? 설마, 설마. 왕자님은 16년 전에 화재로 돌아가셨을 텐데. 살아계실 리가……."

삼의 목소리가 끊어졌다. 히르메스의 손이 은가면의 잠금쇠를 풀고 왼쪽 절반의 희고 수려한 얼굴과, 오른쪽 절반의 검붉게 짓무른 처참한 얼굴을 마르즈반의 시선에 드러냈다.

마르즈반의 시선은 히르메스의 왼쪽 절반에 집중되었다. 선왕 오스로에스 5세의 잔영이 그곳에서 드러나는 것처럼 느껴졌기 때문이다.

"그러면 왕자님께서는 목숨을 건지셨다는……."

삼은 신음했다. 파르스 최강의 용사 중 한 사람인 그가 상처 입은 몸을 가늘게 떨고 있었다. 이제까지 그는 은가면을 오로지 루시타니아군의 앞잡이라 믿어 의심치 않았던 것이다.

"그러나, 그러나, 증거가 어디 있지?"

"증거라고? 이 짓무른 얼굴과 안드라고라스에 대한 증오. 그 외에 증거가 필요한가!"

히르메스의 목소리는 그리 크지 않았는데도 천둥처럼 방 안의 공기를 뒤흔들었다. 삼은 마지막 저항이 꺾여 어깨를 축 늘어뜨리고 고개를 숙였다.

이윽고 고개를 들었을 때 은가면은 이미 떠나고 없었

다. 삼은 닫힌 문을 바라보며 반쯤 넋이 나가 중얼거렸다.

"삼, 너는 앞으로 대체 어떤 분을 섬겨야 한단 말이냐……?"

한 무리의 기마대가 엑바타나 성문을 가로질러 뛰어 들어갔다.

그것이 루시타니아군이라면 그리 놀랄 일도 아니었으리라. 하지만 마르얌제 투구를 햇빛에 번뜩이고 세리카의 비단 망토를 펄럭이며 말을 모는 자는 누가 보더라도 파르스인이었다.

루시타니아 병사가 누구냐고 소리를 질렀다. 창을 내밀고 기마대의 진로를 가로막으려 했다.

기마대의 선두에 선 젊은 기사가 강인한 손목을 놀려 얇은 동판 한 장을 병사에게 집어던졌다. 황급히 이를 받은 병사가 그것이 왕제 기스카르가 발행한 통행증임을 확인했을 때, 기마대는 포석이 깔린 길에 말발굽 소리를 울리며 멀어져가고 있었다.

그러나 그들은 기스카르를 찾아가지 않았다.

삼이 있는 곳에서 막 귀가한 히르메스는 문에서 넘쳐나듯 들어온 기마의 무리를 보고도 말이 없었다. 말에서 내린 젊은이가 공손히 그의 앞에 무릎을 꿇었다.
"전하, 처음으로 존의를 받듭니다. 소인은 잔데라 하옵니다. 아버지는 파르스의 마르즈반 칼란이며, 돌아가신 아버지를 대신하여 히르메스 전하를 섬기고자 영지에서 삼가 달려왔나이다."
히르메스는 가면 안에서 눈을 크게 떴다.
"그렇구나. 그대는 칼란의 아들이로군."
나이는 열아홉, 기껏해야 막 스물이 되었을 것이다. 죽은 아버지에게서 중후한 분위기를 빼고 대신 다부진 몸을 더한 것 같은 얼굴이었다.
어쩌면 강건함이라는 한 가지 면만 본다면 죽은 아버지 칼란을 능가할지도 모른다. 그런 생각이 들 만큼 정한한 박력이 있었다.
히르메스는 자신에게 한 약속을 떠올렸다. 그는 칼란의 유족을 책임지고 보살피리라 생각했던 것이다. 히르메스는 젊은이에게 일어나도록 몸짓으로 명해 안으로 들였다. 30기쯤 되는 부하들은 넓은 방에서 쉬게 했다. 융단 위에 책상다리를 하고 앉은 히르메스는 젊은 손님에게도 그렇게 하도록 권했다.
"나는 파르스에서 찬탈자 안드라고라스 놈을 쫓아내고 야만스러운 루시타니아인들을 소탕하여 정통한 왕위를 회복할 생각이었다. 그 후 그대의 아버지를 에란으로 임명하여 파르스 전군의 지휘를 부탁하고자 했지. 그러나 그가 죽은 지금은 그대가 그 역할을 다해주어야 할 것이다."

히르메스의 시선을 받은 잔데는 감격했다. 히르메스의 신분이 정통한 것임을 믿어 의심치 않는 것이다.

"황송하신 말씀에 아버지도 저세상에서 기뻐하실 것이옵니다. 소인은 전하의 호의에 보답하고, 한편으로는 아버지의 원수를 갚아야만 합니다. 겨울의 마지막 얼음이 녹기 전에 아르슬란, 다륜, 나르사스 세 역적의 목을 맹세코 전하 앞에 놓겠사옵니다!"

"든든하구나."

히르메스는 은가면 안에서 유쾌하게 웃음소리를 냈다. 그러나 칼란의 아들이 아버지만큼 경험을 쌓고 고생을 했던 사람이라면 그 웃음소리에 미미하게 비아냥거리는 음색이 섞였음을 알아차렸을 것이 분명했다. 다륜이 쉽지 않은 적수임을 히르메스는 잘 알고 있었다. 에란 바흐리즈의 조카이자 그와 호각으로 검을 나누었던 첫 상대였다.

다만 다륜과 동행하는 나르사스라는 자에 대해서는 자세히 모른다.

"지금 그대는 나르사스라 하였는데, 놈은 어떤 자인가?"

이리하여 히르메스는 처음으로 나르사스라는 인물의

신상을 알게 되었다. 열흘쯤 전, 다륜과 함께 행동했던 자칭 '궁정화가'의 정체가 겨우 판명된 셈이다.

"그래. 3국의 군세를 입만으로 쫓아냈단 말이지."

은가면에서 새어나오는 목소리가 불분명해졌다.

'불공평하지 않은가.'

히르메스는 생각했다.

가증스러운 안드라고라스의 자식 아르슬란. 아직 열네 살인, 미숙한 어린아이일 뿐인 그가 다륜이나 나르사스처럼 뭇 나라들의 왕이 침을 흘리며 탐낼 만한 인재를 휘하에 거느리고 있다. 그런데도 파르스의 정통한 샤오여야 할 히르메스는 자신보다 경험이 부족한 젊은이 하나를 부하로 두고 있을 뿐이라니.

히르메스는 하다못해 삼을 얻고 싶었다. 삼이라면 한 번 신하가 되어 무릎을 꿇은 후에는 뛰어난 무용과 깊은 사려로 히르메스의 좋은 심복이 되어줄 것이다. 그러나 일단은 잔데라는 젊은이의 힘만이 유일한 아군이었다.

"나는 그대의 죽은 아버지에게 찬탈자의 아들이 어디에 숨어 있는지 찾아내도록 명령해두었다. 그러나 칼란도 이래저래 바빠, 결국 찾지 못하고 비업의 최후를 맞았지. 어떤가. 그대는 그 교활한 아르슬란 놈이 어디에 숨어 있는지 짐작 가는 곳이 있나?"

"그 점에 대해 히르메스 전하께 보고 드릴 수 있음을

기쁘게 여깁니다.”

잔데는 눈을 빛냈다.

히르메스는 젊은이에게 주의를 주었다. 자신이 이 은가면을 쓰고 정체를 감추는 동안에는 자신의 본명을 부르지 말라고. 언젠가 이 사실은 삼에게도 말해두어야만 했다. 그가 경솔히 입에 담을 리도 없겠지만.

“분부 받들겠나이다. 그러면 아르슬란과 놈의 일당 말입니다만, 놈들은 남쪽으로 향했다고 하옵니다.”

그리고 잔데는 아르슬란 일행이 거쳐간 길을 상당히 정확하게 설명했다.

히르메스는 기억을 확인하듯 중얼거렸다.

“분명 그 산지에는 샤흐르다란 중 하나인 후다이르가 성을 가지고 있었을 터. 놈은 아르슬란에게 가담했나?”

“그것이, 아무래도 반대로 아르슬란 일당의 손에 목숨을 잃었다고 하옵니다.”

“그런 결과가 나온 이유는?”

“자세한 내막은 알 수 없사오나, 듣자 하니 후다이르는 자신이 아르슬란의 후견인이 되고자 다륜과 나르사르를 해치려 하다가 오히려 목숨을 잃었다던가…….”

히르메스는 고개를 끄덕였다. 냉소가 은가면을 살짝 흔들었다.

“놈다운 죽음이로군. 어린 시절의 기억이 있지. 분수

도 모르고 욕심만 많은 놈이었다."

"지당하신 말씀입니다. 소인의 아버지도 후다이르를 그리 좋게 말씀하시지 않았습니다. 한데 전하……."

"전하는 빼라."

"그것 때문이옵니다. 대체 소인은 전하를 어떻게 불러야 좋을지요."

"은가면 경이라고 부르든가 해라. 별로 좋은 이름은 아니다만, 달리 호칭이 없으니."

화제가 바뀌었다. 왕도 지하에 도사린 채 루시타니아군의 간부를 살해했던 괴물의 소문은 잔데의 귀에도 들어가 있었다. 물론 함구령이 내려졌으나 아무런 도움도 되지 못했다.

"아무래도 섬뜩한 이야기가 아니옵니까? 이른바 마도라는 것이 아니온지요."

"마도에는 가다크라는 술법이 있다고 들었다만, 아마 그것일 게다."

히르메스가 아무렇게나 대답하자 잔데는 으스스하다는 표정으로 융단과 그 주위의 바닥을 둘러보았다.

"걱정 말거라. 우리에게 해를 끼치는 일은 없을 터이니."

누가 그런 짓을 했는지 히르메스는 알고 있다. 루시타니아군은 알 도리가 없는 지하의 밀실에 도사린 채 어둠 속에 꿈틀대는 암회색 옷을 걸친 노인, 그의 소행일 것이다.

"그 마도사 놈이 무슨 생각으로 준동하는 건지. 지상에 놈이 나설 자리가 있을 리 만무하거늘."

히르메스는 혼잣말을 중얼거렸다. 경멸 섞인 말에 아주 조금이기는 하지만 의문과 불안의 기색이 섞여 있었다. 물론 잔데가 알아차릴 만큼 뚜렷하지는 않았다.

IV

자신의 방으로 돌아간 히르메스는 은가면을 벗었다. 가면을 호두나무 테이블 위에 놓고 수건으로 얼굴을 닦는다.

민얼굴에 드러난 공기는 밀실에 고여 있던 것이기는 해도 충분히 시원했다. 히르메스는 크게, 천천히 숨을 쉬어 폐 속의 공기를 바꾸었다.

벽 쪽에는 상반신 전체를 비출 만한 거울이 놓여 있었다. 히르메스는 그 앞에 서더니 오른쪽 얼굴 절반을 뒤덮은 화상 흉터에 무르르(유약油藥)를 바르기 시작했다. 문득 시선이 움직였다. 방문이 열리더니 쟁반을 든 어린 하녀가 얼굴을 내밀었다. 거울 안에서 히르메스와 소녀의 시선이 부딪쳤다.

소녀의 입에서 비명이 솟아났다. 쟁반이 큰 소리를 내

며 떨어지고 나비드 단지와 잔, 말린 무화과를 얹은 접시 같은 것들이 융단 위로 굴러갔다.

히르메스는 반사적으로 왼팔을 들어 얼굴을 가렸다.

그것이 그의 슬픈 습성이었다. 16년 전, 꿈틀대는 불꽃과 연기 속에서 탈출한 후에 생긴 습성. 얼굴 절반을 화신火神의 제물로 내주고서야 그는 겨우 목숨을 부지할 수 있었던 것이다.

그러나 문득 히르메스의 두 눈이 표정을 바꾸었다. 그는 팔을 내리더니 천천히 소녀를 돌아보았다.

"그리도 흉하더냐."

태연을 가장한 목소리가 입에서 흘러나왔다.

"왜 그러느냐. 그리도 흉하더냐."

상대에 대한 분노와 함께 스스로를 조롱하는 감정이 본인의 뜻과는 달리 목소리를 살짝 떨리게 만들었다.

뻣뻣이 선 소녀는 겨우 제정신을 차리고 쟁반과 접시를 주워 모으기 시작했다.

"아아, 나리, 황송하옵니다. 당장 치우겠으니 용서해 주시옵소서."

"나는 금방 나갈 테니 그 후에 하라."

"예, 예, 그렇게 하겠사옵니다."

소녀는 고개를 숙이더니 몸을 돌렸다. 뛰어가고 싶은 마음을 열심히 억누르는 것을 히르메스는 알 수 있었다.

히르메스는 말없이 소녀의 뒷모습을 지켜보았다. 불타 짓무른 오른쪽 얼굴은 이제 표정조차 떠올리지 못했으나 희고 수려한 왼쪽 얼굴에는 수많은 격렬한 감정이 꿈틀대고 있었다. 소녀의 비명을 들었을 때 그 자리에서 단칼에 베어 죽여버렸어야 했을지도 모르지만 시기를 놓쳤다. 쫓아가 뒤에서 베어 죽일 마음은 들지 않았다.

그는 다시 한 번 돌아보더니 거울에 비친 자신의 얼굴을 향해 주먹을 내질렀다. 쩌적 소리가 나고 거울은 거미집 모양으로 금이 가 그의 모습을 지워버렸다.

"안드라고라스! 찬탈자 놈!"

지하감옥에 유폐한 숙부를 그는 검붉은 증오를 담아 매도했다.

16년 전, 그는 샤오 오스로에스 5세의 자랑스러운 왕자였다. 어느 초여름 날, 울타리에 에워싸인 광대한 파이리다이자(수렵원狩獵園)에서 난생처음으로 곰과 사자를 한 마리씩 화살로 쓰러뜨려 크게 기뻐하며 부왕에게 보고하였다. 병상의 아버지는 힘없지만 부드러운 목소리로 그의 무용을 칭송해주었다. 그리고 그날 밤 부왕은 죽었다—— 동생인 안드라고라스에게 살해당한 것이다. 안드라고라스는 옥좌를 빼앗고, 나아가 그의 아들까지 왕태자가 되어 본래 자신들의 것도 아닌 왕권을 마음껏 누리고 있다. 이를 용서할 수 있겠는가. 신들이 용서

한다 해도 자신은 용서할 수 없었다.

히르메스는 나직하게 웃었다. 새로운 복수 방법이 떠올랐던 것이다.

아르슬란을 사로잡아도 당장은 죽이지 않으리라. 그 전에 얼굴 절반을 태워줄 것이다. 16년 전 히르메스가 맛보아야 했던 공포와 고통을 안드라고라스의 자식에게도 듬뿍 경험케 해주는 것이다. 죽이려면 그다음에 죽이면 된다. 나란히 목을 쳐버릴까? 부자에게 검을 들게 해 서로를 죽이게 할까? 아니면…….

히르메스는 다시 은가면을 쓰고 잠금쇠를 채웠다. 완전히 군장을 갖추고 방을 나왔다. 밖에서는 잔데가 기다리고 있었다. 공손히 인사하더니 으르렁거리는 듯한 목소리로 말했다.

"지금 아르슬란과 그 일당을 잡으러 가겠나이다."

히르메스는 말없이 은가면을 둔중하게 빛내고 자신의 말이 있는 곳으로 걸어갔다.

"……히르메스 놈이 안드라고라스 왕의 아들을 잡기 위해 떠났다 하옵니다."

지하의 한 곳에 그렇게 보고하는 목소리가 흘러나왔다. 암회색 옷을 입은 노인이 고개를 끄덕였다.

"좋을 대로 하게 두어라."

"한데 그 보댕인지 하는, 살인을 즐기는 대주교는 살려두어도 되겠나이까, 존사님?"

"살려두어라. 우리의 손이 미치지 않는 곳에서 죄 없는 자들의 피를 흘려줄 터이니."

암회색 옷을 입은 노인은 웃었다. 템페레시온스라는 사병을 얻어 보댕이 앞으로 광신자로서 얼마나 마음껏 날뛸지 기대되었다.

"언젠가 그자는 자신이 가장 잔혹하게 죽였던 자들과 같은 방법으로 죽이면 그만이다. 신을 위해 순교할 수 있다 생각하면 아무리 큰 고통이라도 그자에게는 희열이겠지."

……이윽고 제자를 물러나게 하고 혼자 남자, 마도사는 눈가 깊은 곳까지 눌러썼던 두건을 벗고 얼굴을 드러냈다. 별로 밝지도 않은 등불 밑에서 조그만 거울을 들여다본다.

"흐음, 겨우 힘이 돌아오기 시작했군. 이제 얼마 남지 않았다."

만족스럽게 거울 안에서 얼굴이 웃음을 지었다. 그것은 노인의 얼굴이 아니라 40대나 50대의, 날카롭고 정력적인 사내의 얼굴이었다.

제3장 페샤와르로 가는 길

I

불불(나이팅게일) 무리가 수정으로 만든 피리 같은 울음소리를 내며 달 아래를 날아갔다.

달빛이 드리워진 산길을 6기의 여행자가 낮과 별로 다를 바 없는 속도로 나아간다. 아르슬란 왕자의 일행이었다.

"하디드! 하디드!"

나직한, 그러나 예리한 목소리는 카히나 파랑기스의 우아한 입술에서 나온 것이었다.

진(정령精靈)들이 밤공기 속에서 술렁거리고 있었다. 보통 인간들에게는 눈에 보이지도 귀에 들리지도 않지만 카히나로서 수련을 쌓았던 파랑기스는 이를 잘 느낄 수 있었다.

따라서 그들을 다독이기 위한 주문을 외우고 있었는데, 이는 설령 기이브 같은 불신자가 외운다 한들 아무런 효과가 없다. 파랑기스가 외워야 비로소 의미가 있다.

"진들의 기분이 영 좋지 못하옵니다. 라이샤르(수정피리)에도 호응하려 들지 않나이다. 소인의 생각으로는 피를 원하는 자가 근처에 있어 그 삿된 영파靈派가 진들에게 조바심을 내게 하는 듯하옵니다."

아름다운 카히나는 왕자에게 그렇게 설명했다.

페샤와르 성새까지 60파르상(약 300킬로미터) 거리였다. 카샨 성새에서 후다이르를 친 후 이틀 낮 사흘 밤을 여행하며 여기까지 왔다. 도중에 추적을 받았으며, 고인이 된 후다이르의 입김이 닿은 추격대와 싸우기도 했다. 그래도 이 대담한 일행에게 위험이라 할 만한 위험은 없었다. 그럼에도 굳이 마음에 걸리는 점을 든다면, 적을 피해 멀리 돌아 오랜 산길을 말로 계속 이동했으니 두 소년이 피곤하지 않겠느냐는 것이었다.

물론 어른들이 걱정하거나 말거나 소년들은 기운이 넘쳤다. 파랑기스의 말을 들은 엘람은 나르사스에게 청해 말을 몰아 밤길을 따라 정찰을 나갔다.

곧 돌아온 엘람은 진들이 조바심을 낼 만한 이유가 있었음을 밝혔다. 추격대가 다가오고 있었던 것이다.

"상당한 인원입니다. 게다가……."

"게다가?"

"은가면을 쓴 자가 일행 속에 있었습니다."

다륜과 나르사스, 기이브 셋이 얼굴을 마주 보았다. 그들은 그 이름에서 불길함을 느꼈다. 그럴 수밖에 없는 경험을 했기 때문이다.

"서두르도록 하지."

다륜의 말에 일동은 이를 따랐다. 그러나 1파르상(약 5킬로미터)도 가기 전에 파랑기스가 진들의 외침을 견딜 수 없을 지경이 되었다. 말 위에서 몸을 돌린 그녀는 보았다. 등 뒤로 수백의 횃불이 이어진 채 일행에게 다가오고 있었다. 밤의 어둠 저편에서 먼 천둥소리처럼 말발굽 소리가 울려 퍼졌다.

"멈춰!"

나르사스가 날카롭게 지시했다. 추격대가 일부러 횃불을 밝혀 위치를 드러낸 이유는 무엇일까. 나르사스는 생각하고, 깨달았다. 그것은 횃불이 보이지 않는 방향으로 아르슬란 일행을 몰아넣기 위해서였다. 그것 말고는 생각할 수 없었다. 그렇다면 산길 저편에 반드시 복병이 있다.

나르사스는 지형을 고려하여 3아마지(약 750미터) 정도 떨어진, 길이 셋으로 갈라진 지점까지 갔다. 그때 이미 전방의 길에서도 검과 기마의 기척이 쇄도하고 있었다. 재빨리 나직한 대화가 오가고 결단이 내려졌다.

“페샤와르에서 만나기를!”

이렇게 해 여섯은 세 방향으로 갈라져 페샤와르에서 재회하기로 약속하고 밤길을 따라 동쪽, 남쪽, 북쪽 세 방향으로 달려나갔다.

자신의 왼쪽에서 말을 몰고 있는 것이 파랑기스임을 깨달았을 때 다륜은 기대가 어긋난 기분이었다. 물론 그녀를 기피하지는 않지만 아르슬란 왕자의 곁을 떠나지 않을 생각이었기 때문이다. 파랑기스 쪽도 같은 생각이었을지 모른다.

다륜과 파랑기스는 결과적으로 가장 두터운 포위망을 돌파하게 되었다. 그것은 크나큰 재앙이었다—— 포위진을 펼친 병사들에게.

처음 다륜의 앞을 가로막고 선 기사는 1합의 칼 소리를 낸 직후 정수리부터 턱까지 양단되어 말 위에서 날아갔다. 이어서 나타난 1기는 검을 치켜든 순간 영원히 오른팔을 잃고 밤하늘에 절규를 터뜨리며 안장에서 사라졌다.

다륜의 검은 강철의 회오리바람이 되어 적병 사이를 미친 듯이 날뛰었고, 파랑기스의 검은 가늘고 날카로운 번갯불이 되어 적병 안을 내달려 갑주로 덮이지 않은 곳에 적확하고 치명적인 손상을 입혔다.

다륜이 흑마를 몰아 달려가는 곳에서 적의 인마는 모조리 선혈에 물들어 땅에 쓰러졌다.

공포가 용기를 웃돌아 적병들은 일제히 다륜에게 길을 내주었다. 그를 노린 몇 대의 화살이 죄다 베여 날아가고, 간신히 명중한 한 발도 갑옷을 꿰뚫지는 못했다. 이렇게 되니 병사들은 항전이 무의미함을 톡톡히 깨달았다. 쓸모가 없는 화살을 버리고 말에 채찍질을 가해 다륜의 장검에서 벗어나려 했다.

다륜과 파랑기스는 도망치는 적에게는 눈길도 주지 않고 페샤와르로 가는 길에 오르려 했다. 이대로만 가면 돌파는 그리 어렵지 않을 것 같았다.

그러나 어둠을 꿰뚫는 노성이 도주하는 병사들의 발을 묶어놓았다.

"이게 무슨 꼬락서니냐! 도망치는 놈은 내가 베겠다. 돌아가서 싸워라!"

새로운 자가 나타난 것이다. 수십이나 되는 시커먼 그림자가 말발굽 소리를 울리며 두 사람의 주위로 몰려들었다.

"다륜이란 것이 네놈이냐!"

쩌렁쩌렁한 고성이 들렸다. 마르얌제 투구를 쓰고 세

리카에서 건너온 자수 망토를 밤바람에 나부끼는 기사가 회색 돈점박이 말을 몰아 다륜의 눈앞으로 뛰어나왔다. 젊은 얼굴에서 맹렬한 기개가 뿜어져 나왔다.

칼란의 아들 잔데였다. 물론 다륜은 그 사실을 모른다. 그러나 한순간 후에는 그 사실을 알게 되었다. 말의 배를 걷어찬 잔데가 노성과 함께 거대한 검을 내리쳤던 것이다.

"나는 마르즈반 칼란의 아들 잔데다. 네놈에게 목숨을 잃은 아버지의 원한을 갚겠다. 순순히 내 칼날에 목을 대라!"

돌진은 거칠기 그지없었다. 다륜 같은 명기수도 완전히 피하지 못해 말과 말, 안장과 안장이 메마른 소리를 내며 부딪쳤을 정도였다.

살의와 복수심에 불타는 두 눈이 정면에서 다륜을 노려보았다. 다부진 팔이 높이 올라가더니 폭풍 같은 참격을 내뿜었다.

1합의 격돌 후 두 사람은 엇갈려 지나갔다. 30가즈(약 30미터)를 달려나간 잔데가 기수를 돌리려 했을 때, 슬그머니 가느다란 검이 뻗어 나오더니 잔데의 눈을 노렸다.

"앗!"

잔데가 고개를 숙이는 바람에 칼끝은 갑주를 찔러 날카로운 금속성을 냈다.

"계집!"

잔데가 신음했다. 검을 든 자는 파랑기스였다.

잔데의 거대한 검이 이번에는 파랑기스를 노리고 허공을 내달렸다.

그 맹렬한 일격을 피해 파랑기스는 웅적에게 허공을 베게 했다. 그러나 잔데의 대검은 무겁고 날카롭게 파랑기스가 탄 말의 목에 떨어졌다.

아름다운 카히나의 눈에 비친 것은 말의 목이 반쯤 잘려나가는 처참한 광경이었다.

말은 마지막 울음소리를 내더니 반쯤 절단된 목의 무게에 이끌리듯 모래먼지 속으로 쓰러졌다. 땅에 엎드리기도 전에 목뼈가 부러져 이미 죽어 있었다.

밤하늘의 일부를 도려낸 듯한 긴 흑발이 바람 속을 흘러갔다. 파랑기스는 말이 쓰러질 때까지 그저 멍청히 안장에 걸터앉아 있지 않았다. 등자를 박차고 허공에서 몸을 돌려 사이프러스처럼 우아한 몸을 둥글게 말았다. 달빛을 받은 흰 모래 위에 완벽한 자세로 착지했다.

잔데가 말의 피로 물든 대검을 쳐들고 말을 잃은 카히나에게 달려들었다. 파랑기스의 머리를 향해 참격이 흉포하게 공기 가르는 소리를 냈다.

그 일격을 받는다면 파랑기스의 아름다운 머리는 수박처럼 쪼개져버렸을 것이 틀림없다. 그러나 1가즈(약 1

미터)의 거리를 두고 다른 참격이 강렬한 칼 울음소리를 내며 잔데의 대검을 튕겨냈다.

"다륜!"

증오와 전의를 담아 잔데가 울부짖었다. 기수를 돌려 아버지의 원수를 향해 새로이 달려들었다.

검신이 격돌해 불꽃이 두 사람의 얼굴을 때렸다. 제2합의 응수는 칼자루 간의 충돌을 낳았다. 제3합은 말이 몸을 일으키는 바람에 서로 허공을 갈랐으며 제4합에선 칼날과 칼날이 얽혀 다시 불꽃을 일으켰다.

10합, 20합, 30합. 강검과 강검의 격돌은 한동안 어느 쪽이 열세인지도 알아볼 수 없을 정도였다.

잔데의 용맹함이 그의 죽은 아버지 칼란을 능가함을 다륜은 인정하지 않을 수 없었다. 그렇다 해도 물론 움츠러든 것은 아니었다. 그도 '마르단후 마르단'. 기량과 경험으로는 잔데를 아득히 능가했다.

무서운 것은 잔데의 투지라 해야 할 것이다. 다륜이 부상을 전혀 입지 않은 데 반해 잔데는 거구에 대여섯 군데의 얕은 상처를 입었는데도 검을 휘두르는 속도와 기세는 조금도 쇠하지 않았다. 그뿐이랴, 더욱 맹렬하게 다륜에게 육박해서는 이따금 대검의 두꺼운 칼날이 다륜의 새까만 갑주를 스쳤다.

흑의의 용사가 잔데만을 상대하는 동안 아름다운 카히

나는 마상의 적 하나와 검을 나누고 베어 지상으로 끌어 내리고 있었다. 보이지 않는 날개라도 달린 것처럼 가벼운 몸놀림으로 빼앗은 말에 뛰어오른다. 안장머리에 걸려 있던 활을 들어 두 다리만으로 교묘하게 말을 몰며 화살을 시위에 메겼다.

"조금 전의 답례이니 받으시게!"

파랑기스의 활에서 쏘아져나간 화살은 마치 보이지 않는 실에 이끌리듯 정확하게 잔데가 탄 말의 오른쪽 눈에 박혔다.

회색 돈점박이 말은 폭풍을 맞은 것처럼 휘청거리더니 옆으로 넘어졌다.

잔데의 거구는 검을 잡은 채 힘차게 지상으로 내팽개쳐졌다. 자세를 잡는 데 실패해 호되게 등을 부딪쳐 신음 소리를 흘렸다.

한순간의 절반밖에 안 되는 찰나에 다륜은 망설였다. 이제까지 적을 말에서 베어 쓰러뜨린 횟수는 헤아릴 수도 없다. 그러나 낙마한 적에게 일어날 틈도 주지 않고 참살한 경험은 없었다.

그 망설임이 잔데의 목숨을 구했다. 다륜은 검을 내리치기는 했으나 잔데의 투구에 맞아 튕겨났다. 망설임이 없었다면 다륜의 검은 투구를 양단하고 잔데의 두개골을 갈랐을 것이다.

그래도 강렬한 타격이 잔데의 머리를 뒤흔들어 그는 신음을 내며 땅에 엎드렸다.

결정타를 날릴 여유는 다륜에게도 더 이상 없었다. 잔데의 부하들이 창과 투석의 벽으로 젊은 주인을 지키고자 했던 것이다.

파랑기스가 불러, 고개를 끄덕인 다륜은 기수를 돌리고 투쟁의 자리를 벗어났다.

그들의 뒷모습이 달빛을 받으며 멀어져갈 무렵에야 잔데는 겨우 흙투성이의 거구를 일으켰다.

"쫓아라! 그러나 죽이지는 마라. 다륜의 머리와 심장은 내 것이다."

잔데는 투구를 땅바닥에 내동댕이치고 사자처럼 머리카락을 흐트러뜨리며 외쳤다.

"그 머리 긴 여자는 너희 중 제일 큰 수훈을 세운 놈에게 주마. 미녀가 탐나면 힘으로 손에 넣어라!"

병사들이 환성을 질렀다. 잔데는 투구를 주워들고 기수를 잃은 말 한 마리에 올라타더니 이마의 상처에서 흘러내리는 피를 혀로 핥았다.

다륜과 파랑기스는 경탄할 만큼 숙련된 기마술로 바위투성이 산길을 달려나갔다.

잔데와 그 일당은 집요하게 두 사람을 추적했지만 시간이 지날수록 거리는 벌어지기만 했다.

이윽고 앞길의 산령이 여명의 첫 빛살 속에 녹빛을 드러내기 시작했다. 다륜은 몇몇 산이 눈에 익은 것을 깨달았다. 과거 멀리 세리카로 향했을 때, 또한 3개국 연합군과 싸웠을 때 저러한 산들을 멀리 내다보며 대륙공로를 따라 동쪽으로 나아갔던 것이다.

파랑기스가 다륜에게 가죽 물자루를 권했다. 이를 받아들어 입에 대는 흑의기사에게 카히나가 물었다.

"그대는 그 잔데라는 자에게 검을 내리치기를 망설이지 않으셨나?"

"으음……."

"어수룩하시군, 그대는."

단언하는 파랑기스의 목소리에 살짝 웃음기가 어려 있었다. 다륜도 씁쓸하게 웃어주었다.

"나도 그리 생각하네……."

그 잔데라는 젊은이가 야생 사자보다도 위험한, 갑주를 걸친 맹수임을 다륜은 잘 알고 있었다. 상대가 낙마한 몸이라 한들 검을 내리치는 데 망설임이 있어서는 안 되는 것이었다.

"그 은가면도 그렇고, 잔데도 그렇고. 아르슬란 전하도 힘든 적을 두시었어."

다륜도 그렇게 생각했다. 지켜드려야겠다고 생각했다. 그것이 죽은 백부 바흐리즈와의 맹세였다. 하지만 백부는 대체 아르슬란 왕자의 신상에 대해 무엇을 알고 있었던 것일까.

눈이 우묵한 다륜의 옆얼굴에 파랑기스가 의미심장한 시선을 보냈으나, 입으로는 아무 말도 하지 않았다.

II

아르슬란과 엘람, 그리고 기이브 셋은 동쪽 포위망을 뚫은 후 밤길을 질주하고 있었다. 기이브의 검이 셋, 아르슬란과 엘람이 한 명씩을 영원히 낙마시키고 계곡을 건너갔을 때 기이브가 재차 활로 두 명을 거꾸러뜨려 추격대가 주춤한 틈에 한때는 거리를 반 파르상(약 2.5킬로미터)가량 떨어뜨리는 데 성공했다.

"나에게는 안 어울리는 역할인걸."

기이브가 투덜거렸다. 여섯 명이 세 조로 나뉠 거라면 그는 당연히 파랑기스와 행동을 함께 할 심산이었다. 그런데 그의 오른쪽에서 말을 몰고 있던 것은 아르슬란과 엘람이었으니, 그의 입장에서 보자면 호위병이라기보다는 보모 역할을 떠맡은 기분이었다.

기이브 혼자라면 추격대와의 거리를 더 벌릴 수도 있

었겠지만, 이윽고 후방에서 말발굽 소리가 울려오고 있었다. 상대도 뛰어난 기수를 모아 추격대를 편성한 모양이었다.

'만약 내가 악인이라면…….'

기이브는 마치 자신이 선인이라는 것처럼 전제를 두고 가정했다.

'이 왕자님을 루시타니아군에게 넘기고 디나르(금화) 십만 닢을 상금으로 받았겠지. 하지만 나는 좀스러운 짓과 잔인한 짓은 할 수가 없는 천성이거든.'

든든해야 할 호위병이 이런 생각을 하고 있다는 사실을 소년들은 알 도리가 없었다.

그러는 사이에 길이 좁아지고 키가 큰 풀이 앞길을 가로막기 시작했다.

"아르슬란 전하, 이쪽으로 오십시오!"

엘람이 외치고 앞장서서 높은 풀숲을 헤치다가 갑자기 멈추었다. 소년의 입에서 자기 자신을 욕하는 말이 새어 나왔다. 풀숲 너머로 달빛을 반사하는 금속의 무리가 도사린 모습을 발견한 것이다. 갑주와 검과 창의 무리.

"물러나십시오——!"

엘람의 목소리를 기다린 것처럼 금속의 무리가 소리를 내며 일어났다. 달빛을 가르고 무수한 화살이 날아들었다. 심지어 그 화살은 사람이 아니라 말을 노리고 있었다.

자기 자신을 노린 화살은 베어 떨어뜨릴 수 있다. 그러나 말을 노린다면 어찌할 도리도 없다.

세 마리의 말은 앞뒤로 풀숲 속에 쓰러져 세 사람은 모두 땅에 발을 디디게 되었다. 적병이 환성을 지르며 달려들었다.

"상금이 금화 십만 닢이다! 팔 하나만 가져가도 얼마는 벌겠지!"

기이브의 검이 낮은 위치에서 수평으로 내달렸다. 적병의 한쪽 다리가 무릎에서 잘려 날아가고 피와 절규가 솟구쳤다.

"도망쳐!"

소년들에게 소리치고 기이브는 두 번째 검광을 두 번째 적병의 목덜미에 꽂았다. 동료의 목이 하늘로 날아오르는 것을 보고 적병들이 움츠러들었다.

"도망치라니까 뭣들 하는 거야?!"

소년들이 뻣뻣이 서 있자 기이브는 그들의 곁으로 달려갔다. 다시 한 번 소리를 지르려다 목소리를 삼켰다. 풀숲 너머는 깊은 계곡이었다. 깎아지른 낭떠러지였으며, 바닥에는 달빛조차 닿지 않아 어렴풋이 물 흐르는 소리만 들릴 뿐이었다. 이래서는 도망치라 해도 도망칠 수가 없다.

적병들이 검의 벽을 만들고 육박했다. 기이브는 앞을

보고, 뒤를 보았다. 어떤 생각이 '유랑악사'의 머리에 번뜩였다.

"에잇, 갈 데까지 가보자!"

기이브는 칼을 칼집에 넣더니 갑자기 두 팔을 벌렸다. 소년들이 흠칫할 틈도 없었다. 기이브의 오른쪽 옆구리에 아르슬란이, 왼쪽 옆구리에 엘람이 끼인 꼴이 되었다.

기이브는 낭떠러지 끄트머리를 박찼다.

"앗……!"

추적하던 병사들이 숨을 멈추고 지켜보는 가운데 아르슬란 일행 세 사람의 모습은 낭떠러지 아래로 사라지고 말았다.

황급히 낭떠러지 가장자리로 달려가 아래를 살폈지만 튀어나온 바위며 무성한 풀이 시야를 가로막아 세 사람의 모습은 보이지 않았다. 더 아래를 보려 해도 달빛이 미치지 않는 깊은 계곡일 뿐이었다.

"아래로 내려가 놈들을 찾아라!"

부대장이 명령했다. 망설이는 병사들을 보고 부대장이 덧붙였다.

"자기 발로 뛰어내렸으니 놈들은 죽었거나 큰 부상을 입었을 거다. 위험할 게 뭐가 있다고! 금화가 탐나지 않나?!"

기이브의 검술에 겁을 먹었던 병사들도 그 목소리에

사기를 되찾았다. 보병들은 그대로, 기병들은 말에서 뛰어내려 단애절벽 아래로 내려가는 길을 찾아 좌우로 흩어졌다.

병사들을 선동하는 데 성공한 부대장은 만족스레 낭떠러지 가장자리에 섰다. 그도 욕심이 없는 사내는 아니다. 병사들에게 왕자 일행의 시체를 찾게 하고는 자기는 편하게 몫을 챙기려는 속셈이었다. 만에 하나라도 그 위험한 검사가 살아있고 그놈과 대결해야 한다면 금화를 신경 쓸 상황이 아니다.

아득한 골짜기 밑바닥을 다시 한 번 엿보았다.

그 순간이었다. 달빛을 반사하며 솟아오른 장검이 부대장의 턱 아래를 꿰뚫고 입안에서 칼끝을 내비쳤다.

소리도 내지 못한 채 부대장은 숨이 끊어졌으며, 검을 뽑아내자 시체는 앞으로 고꾸라져 절벽 가장자리에서 밤 밑바닥으로 굴러떨어졌다.

"흥, 낭떠러지 밑바닥까지 떨어져야 할 의무라도 있다더냐."

좁은 바위선반에서 기어 올라온 기이브는 그렇게 중얼거렸다. 그 바위선반은 낭떠러지 가장자리에서 겨우 5가즈(약 5미터) 정도 아래에 있었던 것이었다.

낭떠러지 위에 그대로 남아 있던 말들 중에서 세 마리를 골라 탄 세 사람은 달리기 시작했다. 내려갈 길을 찾아 얼쩡거리던 병사들 중 몇몇이 이 사실을 깨닫고 고함을 질렀으나 금세 멀어져갔다.

한 시간 정도를 달렸을 때 왕자가 말 위에서 물었다.

"기이브, 그대의 활약에 감사를 표하네. 그대에게 어떻게 보답을 해야 좋을까?"

"아니오, 전 지위나 관직이 탐나는 건 아닙니다. 뭐, 천천히 생각해보죠."

"엘람은?"

질문을 받은 소년은 약간 무뚝뚝한 목소리로 왕자에게 대답했다.

"저도 딱히 원하는 것이 없습니다. 마음에 두지 마십시오."

"그러면 장래에는 무엇이 되고 싶나?"

"나르사스 님이 정해주실 것입니다. 아무튼 어른이 될 때까지는 나르사스 님의 곁에서 학문을 배우고자 합니다."

엘람의 충성심은 우선 나르사스에게 향한 것이었으며 아르슬란에게는 간접적이었다. 왕자에게 의무와 책임은 확실히 다하겠지만, 이는 나르사스가 그러기를 바라기 때문인 것이다.

아르슬란은 무언가 말하려다 입을 다물고 말았다.

세 사람은 묵묵히 말을 몰았다.

어느샌가 달이 중천에서 기울어지기 시작했다.

"아마 우리가 제일 먼저 페샤와르에 도착할 겁니다."

아르슬란, 기이브, 엘람 세 사람이 택한 길은 거의 똑바로 동쪽을 향해 뻗어나갔다. 나머지 두 길은 일단 산지 북쪽과 남쪽으로 돌아간 다음 동쪽으로 가게 되어 있었다.

그건 그렇다 쳐도 나머지 두 조는 어떻게 나뉘어졌을까. 일단 안전을 확보했을 때 기이브는 그 점이 궁금해졌다.

파랑기스가 혼자라면 걱정이 되었고, 다륜이나 나르사스 중 하나와 함께라면 이 또한 마음에 걸렸다. 두 남자 중 어느 한쪽은 행운을 얻은 셈이니 기이브와는 천지 차이였다.

'이렇게 되면 얼른 페샤와르에 갈 수밖에.'

기이브가 그렇게 생각했을 때 엘람이 살짝 고함을 질렀다. 길 왼쪽에 있던 완만한 절벽길에 한 무리의 인마가 달리고 있었던 것이다.

"왕자를 잡아라!"

외침이 밤바람에 실려 들려왔다.

"정말 집요하군……!"

기이브가 혀를 찼다.

적병의 수는 백이 넘었다. 다만 기병은 10기 정도이고 나머지는 보병이다. 그렇다면 굴람이라 봐도 좋을 것이다.

적인 이상 베어버려도 상관없겠지만 유혈을 피할 방법이 없지는 않았다. 다만 과연 그것을 쓸 가치가 있을까.

"아무래도 페샤와르 성새로 쉽게 보내줄 마음은 없는 모양입니다."

기이브의 목소리에 왕자가 대답했다.

"그러면 더더욱 갈 가치가 있겠군. 그들이 이렇게까지 집요하게 따라온다는 것은 페샤와르가 적의 수중에 떨어지지 않았다는 뜻일 테니."

"흐음, 그것도 그렇군요."

자신도 모르게 기이브가 아르슬란을 재평가하고 있으려니, 여명 직전의 냉기를 가르고 화살의 비가 후방에서 비스듬히 쏟아졌다.

엘람은 하룻밤 사이에 두 번이나 말을 잃게 되었다. 목과 옆구리에 화살을 맞은 말은 엘람을 태운 채 옆으로 쓰러졌다.

"엘람!"

소리를 치기도 전에 아르슬란은 기수를 돌렸다. 말을 잃은 소년을 지키기 위해 적 앞으로 뛰어 돌아간다.

"호오, 이거 참……."

기이브의 남색 눈동자에 반쯤은 감탄하고 반쯤은 기막

히다는 빛이 반짝였다. 기이브는 왕족이니 귀족이니 하는 자들에게 철저한 반감을 품고 있었으므로 '신분 높은 자는 은혜를 모른다'는 속담을 진심으로 믿었다. 엘람은 아르슬란에게는 부하의 몸종일 뿐이다. 그런데도 일부러 구하러 가다니, 기이브에게는 믿을 수 없는 성향이었다.

"내버려둘 수도 없지."

자기 자신에게 변명을 하듯 중얼거리고 기이브도 힘차게 기수를 돌렸다.

말에서 뛰어내린 아르슬란은 엘람을 부축해 일으켰다. 그 머리 위로 검을 내리치려던 기병은 기이브가 자신을 향해 육박하는 모습을 언뜻 시야 한구석에 담았다. 병사의 오른손은 검을 쥔 채 달을 향해 날아갔다. 무시무시한 비명을 지르며 병사의 몸은 말 위에서 공중제비를 돌았다.

아르슬란의 말은 그대로 기이브의 곁까지 달려왔다. 기이브의 무시무시한 검술을 보고 추격대는 명백히 당황했다. 부대장으로 보이는 기마병은 창을 든 보병들에게 고함을 질러 기이브를 몰아붙이도록 했다. 주춤거리기는 했지만 그래도 장창의 대열이 조금씩 밀려드는 것을 보고 기이브는 양가죽 자루를 꺼냈다.

기이브는 한 손으로 양가죽 자루의 주둥이를 벌리더니

그대로 허공에 집어던졌다.

자루 주둥이에서 별무리가 쏟아져 나온 것 같았다. 기이브가 이제까지 악당이며 부호며 병사들에게서 열심히 징발했던 디나르와 드라흠(은화)이 달빛을 반사해 반짝반짝 빛을 내며 허공을 춤추고 땅으로 떨어졌다. 병사들은 욕망의 환성을 지르더니 창을 내팽개치고 지면에 무리를 지어 디나르와 드라흠을 주워 담기 시작했다. 굴람인 그들에게는 목숨을 살 수 있을 만한 거금이었다.

"이 멍청한 것들아! 싸우지 못할까! 욕심 많은 굴람 놈들. 푼돈에 눈이 멀어서는!"

눈에 핏발을 세우며 고함을 질러대는 부대장에게 기이브가 말을 몰아 달려들었다. 상대는 황급히 검을 들었지만 이미 때가 늦었다.

"감히 막심한 손해를 입혔겠다!"

부대장이 이 세상에서 들었던 마지막 말이었다.

기이브의 일검에 수평으로 3가즈(약 3미터) 정도 허공을 날아가는 지휘관의 목을 보고, 디나르와 드라훔을 주워 담던 병사들은 왁 비명을 지르더니 몸을 돌려 도망쳤다. 얼마 안 되는 금전을 얻고 도망노예가 될 수밖에 없는 그들의 미래는 밝은 것만은 아니지만 기이브가 거기까지 책임을 져줄 수는 없다.

칼을 휘둘러 피를 털어내고 칼집에 꽂은 다음 부대장이

탔던 말의 고삐를 잡은 기이브는 두 소년에게 다가갔다. 두 사람은 이제 막 일어나는 참이었다. 왕자가 기이브를 보고 다시 예의 바르게 감사 인사를 올렸다. 기이브는 반쯤 진심으로 마땅한 일을 했을 뿐이라고 대답했다.

세 사람은 다시 말에 올라 동쪽으로 향했다. 동쪽 하늘은 아침 햇살에 침략을 받기 시작했다. 이윽고 아르슬란이 입을 벌렸다.

"엘람."

"……왜 그러십니까, 전하."

"내가 싫으냐?"

깜짝 놀랐는지 엘람은 말을 나란히 몰던 한 살 연상인 왕자를 쳐다보며 어물어물 대답했다.

"왜 그런 말씀을……."

"나는 너와 친구가 되고 싶다. 만약 내가 싫지 않다면 친구가 되어줄 수 없겠느냐."

"……저는 해방노예의 자식입니다. 친구라니, 전하와 저는 신분이 달라도 너무 다릅니다."

"신분을 따진다면 나는 친구를 한 명도 얻을 수 없겠구나."

"어쨌든 목숨을 구해주셔서 전하께는 무어라 감사를 드려야 좋을지 모르겠습니다. 이 은혜는 반드시 갚겠습니다."

엘람도 나름대로 고집이 있는지 아르슬란의 부탁에 순순히 응하려 들지 않았다. 아르슬란은 그렇다고 해서 딱히 기분이 상하지도 않았는지 웃으며 말했다.

"마음에 두지 말거라. 나 또한 도움을 받았으니."

'참 희한한 왕자님이로군.'

기이브는 그렇게 생각했다. 이 왕자는 왕족이니 귀족이니 하는 자들에 대한 선입견을 잇달아 박살내주는 것이다. 문득 어떤 사실을 떠올린 기이브가 질문을 건넸다.

"전하, 전하께서는 어렸을 때 왕궁 밖에서 자라시지 않았습니까?"

"어째서 그렇게 생각하나?"

"어쩐지 그런 생각이 들었습니다만…… 아닙니까?"

"아니, 맞네. 왕궁 밖에서 있던 시절이 훨씬 길지."

아르슬란이 완전히 왕궁에서 생활하기 시작한 것은 겨우 2년 전이었다. 왕태자로 책봉된 직후 반년을 제외하면 그 전에도, 그 후로도 아르슬란은 유모 부부의 집에서 자라났다. 유모 부부는 아자탄(기사) 계급이었으며, 왕도 한 곳에 집을 얻어 아르슬란은 그곳에서 시내의 교사가 운영하는 서당에 다녔다. 아자트의 자식, 때로는 가자르(집시)의 자식들과도 놀았다. 왕궁보다도 시내의 생활을 그는 훨씬 좋아했다.

"그 유모 부부는 지금도 잘 지냅니까?"

아르슬란의 표정이 흐려졌다. 그 표정이 이미 대답이었다.

"2년 전에 죽었네. 오래된 나비드를 마시고 탈이 났지. 그래서 나는 왕궁에 들어가 살게 되었던 걸세."

"그랬군요……."

기이브는 고개를 끄덕였으나 정말로 식중독 때문에 죽었을까 의심했다. 샤흐르다란 후다이르의 성에서 들었던 나르사스의 이야기를 떠올리지 않을 수 없었다. 표면에 드러난 권력과 영화의 그림자 뒤에서 파르스 왕가는 불길한, 사위스러운 괴물을 오랜 세월 동안 길러내고 있었던 것이 아닐까. 아르슬란의 유모 부부는 왕자를 기르는 동안 무언가 알아서는 안 될 사실을 알고 말았던 것은 아닐까. 그리고…….

기이브는 적갈색 머리카락을 쓸어넘기며 쓴웃음을 지었다. 뭐, 괜한 상상은 그만두자.

다만 한 가지는 확실하다. 사태는 앞으로 더더욱 재미있어지리라는 것이다. 기이브는 주군을 얻어 충성을 다하는 삶을 경멸했다. 그러나 아르슬란 왕자와 함께라면 단순한 악사 겸 도적보다도 훨씬 파란에 가득 찬 하루하루를 보낼 수 있을 것 같았다. 게다가 국가에 왕이 필요하다면, 기왕이면 나쁜 왕보다는 착한 왕이 좋지 않겠는가.

이 애송이는 착한 왕의 소질을 가지고 있을지도 모른

다. 아직 열네 살이다. 제대로 왕위에 오르려면 10년이 걸린다 쳐도 스물넷이면 왕으로선 젊다. 나르사스 같은 자들이 이 왕자를 어떤 왕으로 길러낼지, 제법 볼 만하겠다는 생각이 들었다.

III

바로 그 나르사스는 홀로 남쪽 능선을 넘는 산길을 따라 말을 몰고 있었다. 날이 밝기 전까지 몇 개의 포위망을 돌파하고 추적을 따돌려 간신히 안전을 확보한 것 같았다.

기이브와는 다른 의미에서 그도 본의는 아니었다. 아르슬란은 호걸 다륜에게 맡기고 자신은 엘람과 함께 가고 싶었던 것이다. 나머지 한 무리는 기이브와 파랑기스. 그것이 가장 자연스러운 구성이라고 생각했는데, 어둠과 혼란과 우연이 그의 생각을 배반하고 말았다. 쓴웃음을 짓고 싶어졌다.

"이러고도 무슨 현자란 건지."

나르사스 자신은 단신으로도 몸을 지킬 자신이 있다. 하지만 두 소년이 마음에 걸렸다. 남에게 짐이 될 만큼 무력한 소년들은 아니지만 다른 어른들이 모두 걸출한 마르단(전사)인 탓에 큰 차이가 나는 것이겠지…….

그는 고삐를 당겼다. 길 왼쪽 전방에 바위너설이 있었으며 그곳에 새벽하늘 아래 선 사람의 모습이 보였다. 나르사스가 말을 멈추자 그 그림자도 스윽 모습을 감추었다.

"쯧. 여기도 복병이 있었군. 빈틈없는 놈들."

나르사스는 혀를 찼으나 기수를 돌리려다 중지했다. 바위너설 저편에서 요란하게 검을 부딪치는 소리며 비명이 들려왔기 때문이다. 그와 상관없는 곳에서 무언가 소란이 일어난 모양이었다. 다행이라 여기고 지나치려 했으나, 문득 호기심이 동했다. 그는 말발굽 소리를 내지 않도록 모래밭을 골라 바위너설로 다가갔다.

나르사스도 천리안은 아니다. 그에게는 가증스러운 은가면―― 히르메스가 100기 정도의 엄선된 부하들을 이끌고 이 길로 올 아르슬란 일행을 기다리고 있었음을 알 턱이 없다.

그리고 히르메스에게도 의외의 적대자가 이곳에 나타났던 것이다. 그가 이 사실을 알아차렸을 때 바위너설 주변은 이미 포위되어 있었다.

"조트족族이다!"

두려움이 담긴 외침이 히르메스의 주위에 일어났다. 그것이 나르사스가 검 부딪치는 소리를 듣기 바로 직전에 일어난 일이었다.

조트족은 사막과 바위산 지대에 출몰하는 날래고 사나운 유목민족으로, 때로는 각국의 용병이 되기도, 때로는 도적이 되기도 한다. 히르메스의 부대는 조트족에게 사냥감이라기보다는 영역에 침입한 적이었다. 그들의 명예와 실력을 과시하기 위해서라도 침입자를 호락호락 보내줄 수는 없었다.

한 거한이 말 위에서 소리쳤다.

"나는 헤이르타슈. 조트의 족장이다."

체격에 어울리는 큰 목소리였다.

나이는 이제 막 40대가 되었을까. 히르메스도 키가 크지만 헤이르타슈도 이에 못지않았으며 어깨너비와 몸통은 훨씬 굵었다.

주위의 모래밭이며 바위 뒤에서 출현한 조트족의 수는 히르메스의 부하들과 비교하면 거의 절반이었다. 그래도 나타난 것은 자신들이 강하다고 믿기 때문일까.

은가면의 안광이 독기로 가득 차 번쩍였다. 헤이르타슈는 이를 알아차린 기색도 없이 홀로 말을 몰아 달려나와 섰다. 웅대한 체격에 어울리게 무용에도 자신이 있는지 대검을 아무렇게나 들고 그 끝을 히르메스에게 겨눈 채 실력을 가늠하듯 두 눈을 가늘게 떴다. 호의를 품을 마음은 도저히 들지 않는 모양이었다.

"기묘한 가면 따위나 쓰고 앉았다니! 헤이르타슈라는

이름을 들어봤으렷다. 살고 싶다면 말에서 내려 검과 돈을 바쳐라."

히르메스는 은가면 너머로 냉소의 파동을 뿜어냈다.

"나는 타고난 왕후이며 몸속에 비천한 피는 한 방울도 흐르지 않는다. 네놈처럼 인간인지 원숭이인지도 알 수 없는 야만인 따위의 이름을 어찌 알겠느냐!"

헤이르타슈는 단순한 사내여서 히르메스의 냉소가 무엇을 뜻하는지 생각하려고도 하지 않았다. 너무나도 무례한 말에 발끈하여 거대한 검을 치켜들고 히르메스에게 달려들었다.

대검이 바람 가르는 소리를 냈다. 사자의 목도 단칼에 양단할 만한 기세였다. 그러나 히르메스의 반응은 더 빨랐다.

헤이르타슈의 검은 한순간 전까지 히르메스가 있던 공간을 요란한 소리와 함께 휩쓸었을 뿐이었다. 당황한 조트족장의 눈에 다른 검의 빛이 비쳤다.

"왕후의 손에 죽는 것이니 명예로 여겨라!"

헤이르타슈의 귀에 들린 마지막 말이었다. 둔중하고 탁한 소리를 내며 조트족장의 목이 땅바닥에 떨어지고 피와 모래바람에 범벅이 되면서 몸통으로부터 멀어져갔다.

조트족 사내들은 족장이 단칼에 죽자 역시 겁을 먹었는지 말 위에 조용히 앉아 있었다. 그러나 금세 정적을 깨고 1기가 달려나왔다. 머리에 하늘색 천을 감은, 겨우 소년 정도로밖에 보이지 않는 자였다.

"감히 아버지를 죽였겠다!"

그것은 소녀의 목소리였다. 만일 은가면을 쓰지 않았다면 히르메스도 의외의 표정을 감추지 못했을지 모른다.

"술고래에 무식하고 호색한에 못 말리는 아버지였지만 나에게는 목숨을 준 부모다. 원수를 갚겠다!"

그리고 아버지의 부하들을 돌아보며 외쳤다.

"해치워!"

그것을 신호로 조트족이 일제히 검을 뽑아 히르메스의 일당에게 달려들었다. 맞서 싸우도록 명하려던 히르메스에게 소녀가 육박했다.

"어딜 보고 있어? 네 상대는 나야!"

목소리와 검이 동시에 날아들었다. 히르메스는 소녀의 참격을 피했다. 절반 이상은 진심으로 피했다. 그만큼 소녀의 검술은 방심할 수 없는 영역에 이른 것이었다. 물론 히르메스에게는 도저히 미치지는 못했지만.

베고 들어온 자와 피한 자가 서로 자세를 고쳐 잡았다.

"계집, 이름이 뭐냐."

"알프리드. 조트족장 헤이르타슈의 딸이다."

나이는 열여섯이나 열일곱 정도일까. 이목구비가 뚜렷하며 섬세하기까지 했다.

"알프리드라니. 본래는 왕족이나 귀족의 여식에게 쓰이는 이름이거늘 비천한 도적의 계집에게는 과분하구나. 그 오만에 어울리는 벌을 내려주어야겠다."

"어디 해 보시지, 가면 쓴 요괴야!"

알프리드는 검을 고쳐 들었다. 호두색을 띤 피부, 검은 눈동자가 불타는 빛을 뿜어냈다.

소녀는 기세 좋게 말의 배를 걷어차며 칼끝을 히르메스에게 향하고 달려들었다.

단 1합이었다. 알프리드의 손에서 검이 튕겨나가 햇빛을 반사하며 허공에서 회전했다.

이어진 히르메스의 일격은 빗나갔다. 두 번째 공격이 허공을 벤 것이다. 그러나 이는 당연히 알프리드가 말을 잃는 결과를 가져왔다.

말 위에서 다시 검광이 날아들었다. 알프리드는 이를 아슬아슬한 차이로 회피했다.

"잘도 피하는걸. 그러나 네년이 도망치기만 하는 사이에 부하들은 가엾은 꼴을 당하고 있구나."

알프리드는 흠칫 주위를 둘러보고, 일어나 움직이는 사람은 모두 적뿐임을 확인했다. 짧지만 격렬한 전투가 끝난 상태였다. 조트족은 모조리 땅에 쓰러져 숨이 끊어졌다. 그러나 동시에 히르메스의 부하도 반감했다.

"한낱 도적 떼가 나의 부하를 해치다니."

은가면의 두 눈에 독기 어린 불꽃이 일렁였다.

히르메스의 입장에서는 아르슬란 일당을 잡아야 할 그물을 '비천한 도적 떼'에게 갈기갈기 찢긴 셈이었다. 분노는 강렬했다. 이제는 아군이라곤 한 명도 남지 않은 조트족 소녀를 일도양단하지 않고서는 분이 풀리지 않을 것이다. 히르메스는 다시 검을 쳐들었다.

그때였다.

바위 사이에서 히르메스의 부하 하나가 비명을 지르며 비틀비틀 나오는가 싶더니 모래 위로 쓰러졌다.

넘쳐나는 햇살 아래에서 침묵에 공기가 얼어붙은 것 같았다.

한 기사가, 숫제 태연자약한 태도로 바위 뒤에서 모습을 나타냈다. 그러나 한 손에 든 검은 이미 피로 번들거렸다.

"호오, 이거 재미있군. 은가면 자넨가?"

유쾌하다는 듯 의외라는 듯, 또한 비아냥거림을 담아 그렇게 말한 것은 '궁정화가'를 자칭하던 젊은 사내였다. 그가 다이람의 옛 영주 나르사스임을 이제는 히르메스도 잘 알고 있었다.

"오랜만이구나, 돌팔이 화가. 왕도에서 먹고살기 힘들어져 변경까지 떨려나왔나?"

"자네와 놀다 보니 점점 인간의 길을 벗어나게 되는

것 같아 난처하지 뭔가."

"……네놈은 과거 안드라고라스에게 역정을 사 궁정에서 추방당한 몸이라지."

"잘도 알고 계시는군."

나르사스는 웃음을 지어 보였으나 경계의 마음이 치미는 것을 자각했다. 이때 그는 은가면의 진의를 헤아리지 못하고 있었다.

"안드라고라스의 자식놈은 어디 있나?"

"글쎄. 자네가 죽는다면 가르쳐줄 수도 있네만?"

"네가 할 수 있을까?"

"뭐, 노력은 해보도록 하지."

상대가 강적임은 피차 잘 안다. 가세하려는 부하들을 제지하고 히르메스가 말을 몰았다. 여기에 호응해 나르사스가 달렸다.

문득 나르사스는 갑자기 고삐를 당겨 말을 세웠다. 눈표범처럼 가벼운 몸놀림으로 그와 은가면 사이에 끼어든 그림자가 있었던 것이다. 나르사스는 하늘색 천으로 머리카락을 감싼 소녀의 모습을 쳐다보았다.

"손대지 마! 이놈은 아버지의 원수이니 내가 쓰러뜨릴 거야!"

알프리드였다. 말 위의 나르사스를 올려다보는 안광은 지극히 진지했다. 나르사스는 말을 추스르며 소녀를 돌아보았다.

"원수라고 한다면 이 사내를 그대에게 넘겨주어도 좋겠지만, 그대는 검도 들고 있지 않군."

"그러니 당신의 검을 빌려줘."

당연하다는 표정으로 뻔뻔하게 말 위의 나르사스에게 손을 내민다. 다이람의 옛 영주는 가볍게 눈을 깜빡이고, 이 자리의 분위기와는 어울리지 않는 웃음소리를 간신히 참았다.

"빌려줄 수는 있는데, 담보는 어쩌지?"

은가면이라는 강적을 세워놓은 채 자꾸만 소녀를 놀리고 싶어졌다. 나르사스의 나쁜 버릇이었다.

"부모의 원수를 갚겠다는 기특한 소녀가 검을 빌려달라는데 담보를 요구해?"

"초면이라 말이다. 안전을 우선시하고 싶어서."

"인색하기는. 여자에게 인기 못 끌걸."

"두 놈 다 바하네(만담漫談)는 그쯤 해두시지."

은가면 너머로 싸늘한 목소리가 흘러나왔다.

"돌팔이 화가. 진심으로 그 계집애가 나에게 이기리라고 생각하나?"

"가능하다면 이겨줬으면 좋겠다고 진심으로 생각하네만?"

실제로 이것은 나르사스의 본심이었으나 현재 상황에

서는 불가능하다는 것도 잘 안다. 나르사스조차 완전히 승산이 있지는 않았다. 애초에 그의 목적은 소녀를 구하는 것이지 은가면과 자웅을 겨루는 것이 아니었다. 그러므로 사정을 알고 나서 그들 앞에 모습을 나타내기 전까지 확실하게 준비를 해두었던 것이다.

히르메스가 독설의 응수에 싫증이 났는지 검에 살기를 담아 쇄도하려 했을 때 히르메스의 부하 중 하나가 절규했다. 몸을 돌린 히르메스는 보았다. 바로 근처의 바위너설에서 수많은 바위가 모래밭을 향해 굴러떨어지고 있었다.

당황하고 놀란 비명이 수없이 메아리쳤다. 놀라지 않은 사람은 나르사스뿐이었다. 그가 몇몇 바위와 나무 조각과 가죽끈을 이용해 만들어두었던 지레가 시간을 두고 작동해 잇달아 연쇄적으로 바위를 떨어뜨리고 있는 것이다. 히르메스조차 창졸간에 나르사스와 알프리드를 잊어버리고 쏟아지는 바위로부터 황급히 몸을 피했다.

바위의 비가 멎고 모래먼지가 걷혔을 때, 나르사스와 알프리드의 모습은 그들 앞에서 사라지고 없었다.

두 사람을 태운 말은 히르메스의 부대를 따돌리고 바위투성이 길을 따라 동쪽으로 달리고 있었다.

"그 가면 쓴 놈……."

나르사스의 등에 달라붙은 채 알프리드가 기운만은 넘쳐나는 목소리로 외쳤다.

"다음에 만나면 꼭, 그 성질 나쁜 심장을 단칼에 찔러 줄 거야! 다음엔 방해하지 마."

"그래. 그럼 다음엔 멀리서 구경만 하도록 하지."

"하지만, 아무튼, 오늘은 당신 덕에 살았으니 무언가 보답을 해야겠어."

소녀는 생각에 잠겼으나 이내 밝은 목소리로 말했다.

"맞아. 그놈을 해치우면 그 징그러운 은가면은 당신 줄게."

"가면 말인가."

"잠금쇠를 떼고 망치로 납작하게 펴면 드라흠 백 닢 정도는 될걸. 반년 정도는 놀고먹을 수 있지 않을까?"

"거 나쁘지 않은데."

장래는 그렇다 쳐도, 나르사스의 입장에서는 가능하다면 그 불길한 은가면 안의 정체를 밝혀내고 싶었다. 대치하면서 무언가 알아차린 것은 없었는지 소녀에게 물어보았다.

"그러고 보니 뭔가 잘난 척 떠들어댔는데."

"호오, 뭐라고 했지?"

"자신은 왕후의 태생이라나? 어느 세상에 가면 뒤집어

쓴 임금님이 있다고. 머리가 이상한 거 아냐, 그 녀석?"

알프리드가 우습다는 듯 웃었다. 나르사스는 웃지 않았다. 웃을 수 없었다. 그는 알프리드보다도 많은 것을 알고 있었으며, 오른쪽 절반이 불타 짓무른 민얼굴을 본 적도 있었던 것이다.

나르사스의 머릿속에서 몇 가지 기억과 지식이 뒤섞여 거품을 내며 한데 녹아들었다. 그곳에서 하나의 이름이 떠올랐다. 파르스 왕가의 가계도에 이어지는 이름이었다.

"……하지만, 설마."

중얼거린 후, 언제까지고 이 소녀를 데리고 돌아다닐 수는 없다는 사실을 깨달았다.

"어딘가 갈 곳이 있다면 적당한 곳에서 내려줄 테니 말해봐라."

그 말을 들은 알프리드는 분연히 나르사스의 목덜미를 올려다보았다.

"그건 아니지. 한번 구해줬으면 끝까지 책임을 져야 할 거 아냐. 여기서 날 내팽개쳤다가 내가 그 은가면한테 죽기라도 하면 당신 분명 후회할걸?"

소녀의 주장에 나르사스는 반론하지 못했다. 어쩔 수 없다. 조금만 더 데리고 다니면서 어떻게 처신할지를 생각해주어야 할 것 같다. 의도가 아니었더라도 나르사스는 조트족 덕에 히르메스 일당의 매복을 모면했으니, 구해준 이상 그 후에도 상응하는 책임이 있다. 처음부터 구하지 않았다면 좋았을지도 모르지만 나르사스에게 그것은 불가능한 일이었다. 어쩔 수 없다고 쓴웃음을 지으며 각오를 다질 수밖에.

"당신, 이름이 뭐야?"

"나르사스."

"그럼 나르사스, 앞으로 잘 부탁해."

다이람의 옛 영주는 잘 부탁한다고 입속으로 대답하고, 마음을 다잡듯 말을 몰았다.

IV

그 조그만 마을에 나르사스와 알프리드가 도착한 것은 태양의 아래쪽 끄트머리가 그들의 뒤에 펼쳐진 산릉에 겹쳐진 시각이었다. 상당히 멀리 돌아오긴 했지만 여기까지 오면 페샤와르는 지척이다.

나르사스는 사실 페샤와르 성새에 도착할 때까지 될 수 있는 대로 남의 눈에 뜨이고 싶지 않았으나, 두 사람을 태운 말이 상당히 지쳤기 때문에 휴식을 취해야만 했다. 가능하다면 말이 한 마리 더 있었으면 했다.

마을 어귀에 도착한 두 사람은 말에서 내렸다. 수고한

말을 다독이며 다가가던 나르사스는 마을에서 불길한 인상을 받았다. 황혼, 저녁 식사를 준비할 시각인데도 민가에서는 왜 식사를 준비하는 연기가 나지 않는단 말인가. 슬슬 등불을 밝혀놓을 때이건만 모든 집의 창문이 어두운 이유는 무엇인가.

"말을 산다고 해도, 돈은 있어?"

알프리드가 현실적인 질문을 하자 나르사스는 양가죽 자루를 소녀에게 휙 건네주었다. 자루 주둥이를 열어본 알프리드가 눈을 크게 떴다.

"말을 백 마리는 사겠네. 왜 이렇게 디나르가 많아?"

"왜긴. 원래 내 것인데."

알프리드는 얼굴을 찡그렸다.

"흐응. 당신, 착실하게 사는 사람이 아니었구나. 얼굴은 착실하게 생겼는데."

"왜 그렇게 생각하지?"

"디나르는 착실한 사람 손에는 안 들어오는 법이니까. 만약 아자트가 디나르를 가지고 있으면 관리가 와서 고문을 할 정도인걸? 어디서 훔쳐온 게 분명하다면서."

나르사스는 대꾸하지 못했다. 자신이 샤흐르다란 가문 태생임을 말할 마음은 들지 않았다. 말마따나 착실한 신분과는 거리가 먼 것이다. 샤흐르다란이니 바주르간(귀족)이니 하는 존재는.

문득 알프리드가 그의 팔을 붙잡았다.

그녀의 얼어붙은 시선을 따라간 나르사스는 보았다. 어떤 집 입구에 사내가 엎드려 있었다. 유혈의 흔적이 사내의 죽음을 증명해주었다.

시체의 품에서는 양가죽 자루가 삐져나와 있었으며, 바닥에 쏟아진 드라흠과 미스칼(동화)이 저녁 햇살을 반사해 반짝거렸다. 가느다란 눈썹을 찡그리며 알프리드가 뒤로 물러났다. 조트족이 원래 사막의 도적임을 떠올린 나르사스가 물어보았다.

"왜 지갑을 챙기지 않나?"

알프리드는 눈꼬리를 바짝 세우고 다이람의 옛 영주를 노려보았다. 진심으로 화를 내고 있다. 그녀의 표정은 나르사스를 한순간 흠칫 놀라게 할 만큼 생기로 가득 차 아름다웠다.

"조트족은 죽은 사람과 병자에게서는 빼앗지 않아. 사람을 뭐로 보고!"

"미안하다."

기이브와는 반대의 철학인가 보다 생각하니, 사과를 하면서도 어쩐지 우스웠다.

그건 그렇다 쳐도 이 참상은 어떻게 된 것일까. 나르사스는 마을 곳곳에 시체가 굴러다니고 있음을 확인하고 마음속으로 팔짱을 끼었다. 기이한 것은 남녀노소 불문하고 시체의 대부분이 하반신에 치명상을 입었다는 점이었다. 한편 강도의 흔적이 보이지 않는 점은 처음 발견한 시체만이 아니라 모두 마찬가지였다.

결국 시체의 수는 50을 헤아려 이 조그만 마을이 전멸했음을 알 수 있었다. 모두 실외에서 살해당한 이유는 비명을 듣고 밖으로 나왔다가 새로운 희생자가 되었기 때문일까?

"그저 죽이기 위해 죽이며 다녔다는 생각밖에는 들지 않는군."

"분명 소문으로 들었던 루시타니아 야만인들 소행일 거야. 그 야만족 놈들! 마침내 이곳까지 찾아왔구나."

알프리드의 분개에는 대답하지 않고 나르사스는 어두워지기 시작하는 지면으로만 시선을 보냈다. 시체의 곁에는 하나같이 조그만 구멍 같은 것이 있는 점이 나르사스의 주의를 끌었다.

이제 어떻게 할 거냐는 소녀의 질문에 나르사스는 대답했다.

"밤이 되면 이 부근에는 구울(식시귀食屍鬼)이 나타난다더군. 그런 소문은 둘째 치더라도, 어두워지면 움직이지 않는 편이 좋아. 어딘가 집을 빌려 묵어가기로 하지."

"좋아. 하지만 난 몸가짐 조신한 조트족 여자니까 방은 따로 써야 해."

"……이의는 없어."

시체가 없는 빈집을 찾아 두 사람은 하룻밤을 보낼 숙소로 정했다. 기특하게도 알프리드가 식사 준비를 하겠다고 자청해 그쪽은 맡기기로 하고 나르사스는 말을 찾으러 나갔다. 아마도 마을에서 공동으로 운영하던 마구간인지, 조그만 가옥 하나에서 서글피 몸을 맞대고 있는 말 네 마리를 발견했다. 젊고 몸집이 좋은 한 마리를 고르고, 나머지 세 마리는 줄을 끊어 풀어주었다. 내일 날이 밝으면 마을 사람들의 시체를 묻어주어야 할 것이다.

말을 끌며 돌아오니 우물에서 물을 긷던 알프리드가 그를 향해 손을 흔들었다. 다가가려 했을 때, 갑자기 말이 놀란 것처럼 울부짖으며 걸음을 멈추었다. 나르사스는 아주 잠시 기척을 찾아보고 황급히 뒤로 물러났다. 그는 보았다. 알프리드도 보았다. 땅에서 느닷없이 손이 튀어나와 나르사스의 발을 붙잡으려 했던 것이다. 허공을 붙든 손은 그대로 허무하게 손바닥을 쥐었다 폈다 했다.

"뭐, 뭐야 저게. 땅에서 손이 돋아났어."

알프리드는 물론 두려워하기는 했지만 너무나도 비현실적인 풍경을 눈앞에서 보고 자기 자신을 수긍시키느라 고생하는 것 같았다.

"가다크로군……!"

이제는 시체의 수수께끼를 알 수 있었다. 나르사스는

스스로 마도를 다루지는 못하지만 이에 관한 지식은 있었다. 땅속을 자유로이 오가며 땅속에서 검이나 창을 내질러 지상에 있는 자를 죽인다는 술법이다. 하지만 그런 술법을 구사하는 마도사가 왜 이런 곳에서 마을 사람들을 죽이고 다닌단 말인가.

어스름 속에서 손이 땅속으로 쑥 꺼졌다. 그 자리에는 조그만 구멍만이 남았다. 나르사스는 슬쩍 눈을 가늘게 뜨며 두 발꿈치를 들었다.

기척을 느낀 순간 도약했다. 땅속에서 튀어나온 허연 칼날이 나르사스의 신발 바닥을 살짝 스쳤다. 그대로 서 있었다면 허벅지 언저리에 칼이 박혔을 것이다. 착지한 나르사스는 반쯤 춤을 추는 듯한 발걸음으로 칼날에서 떨어졌다. 칼은 소리도 없이 땅속으로 꺼져 그 자리에는 다시 조그만 구멍만이 남았다.

악마에게 심장을 붙들린 기분이었다. 자신도 검을 뽑고, 다시 기척을 찾았다. 발밑의 지면에 검을 꽂고 싶다는 충동을 열심히 참았다.

가옥의 벽 쪽에 뻣뻣이 서 있던 알프리드가 나르사스의 이름을 불렀다.

검을 거두고 달려간 나르사스는 집의 입구 근처 처마 밑에 커다란 대추기름 단지가 있는 것을 발견했다.

"어떡하면 좋아, 나르사스?"

그렇게 묻는 알프리드의 표정과 목소리가 새삼 앳되게 느껴졌다. 나르사스는 소녀를 안심시키기 위해 웃음을 지어주었다.

"그대는 나무를 탈 수 있나?"

"그 정도야 간단하지."

"그러면 저 커다란 대추나무에 올라가다오."

"당신은 괜찮아?"

"……음. 그대에게 은가면을 받아 은화로 바꾸기 전까지는 괜찮고말고. 자, 서둘러. 그리고 돌 위를 지나가도록."

나르사스가 시키는 대로 알프리드는 재빨리 대추나무로 달려가더니 별 어려움도 없이 굵은 가지까지 올라갔다.

그녀가 가지에 걸터앉자 지면과 공기 사이에서 나직한 음성이 흘러나왔다. 조소 어린 목소리가 황혼 녘의 공기를 살짝 흔들었다.

"오, 오. 시답잖은 짓을 하는구나. 그러나 얼마나 버틸 수 있을까……."

뱀이 혀를 울리는 소리와도 비슷했다.

그 목소리는 알프리드를 오싹하게 만들었으나, 나르사스에게는 한편으로 여유를 주었다. 인간이든 괴물이든 말을 할 수 있는 상대라면 나르사스는 두렵지 않았다.

말없는 악의야말로 가장 두려운 법이다.

나르사스는 벽 쪽에 놓인 대추기름 단지에 손을 대 슬쩍 쓰러뜨렸다. 기름이 쏟아져 지면에 퍼지고 스며들었다. 그는 한쪽 손안에 부싯돌을 쥐었다. 기름이 모두 흘러나간 후, 침묵 속에서 기척을 찾았다. 겉모습보다도 훨씬 대담한 그의 이마에 땀이 솟아났다.

소매 일부를 뜯어 뭉쳐 지면의 기름에 적셨다. 그리고 순식간에 행동했다. 기름이 퍼진 지면에서 뛰어 물러나며 천에 불을 붙여 이를 지면에 집어던졌다.

직경 5가즈(약 5미터) 정도 넓이에 걸쳐 지면 전체가 단숨에 불타올랐다.

다음 순간, 거목 가지 위에서 알프리드는 흠칫 숨을 들이마셨다.

지면의 일부가 쩍 갈라지더니, 그곳에서 불덩어리가 튀어나왔다. 그것은 인간의 형태와 크기를 하고 있었다. 기괴한 절규가 입 언저리에서 솟아났다. 땅속에 스며든 기름 탓에 산 채로 불에 타고 있다. 고함을 지르고 비틀거리며, 그래도 두 팔을 벌리고 나르사스를 붙잡으려 했다.

장검을 뽑아든 나르사스는 앞으로 나아가더니 상대의 어깨 언저리로 날카로운 참격을 날렸다. 불꽃에 휩싸인 머리가 어스름 속을 날아갔다. 땅을 구르면서도 여전히 불타고 있다.

"이젠 됐다. 내려와도 좋아."

나르사스는 머리 위의 가지를 올려다보았다.

왕도 엑바타나의 지하에 도사린 암회색 옷의 노인. 그가 파르스에 더 많은 유혈을 초래하기 위해 불러들였던 일곱 마도사 중 한 사람이 이렇게 죽은 것이다. 물론 나르사스가 알 수는 없는 일이었지만.

나뭇가지에서 가볍게 뛰어내린 알프리드는 흥분한 목소리로 나르사스를 칭찬했다.

"나르사스, 나르사스. 당신 대단해. 강하고, 머리도 좋고. 그 괴물을 그런 수로 해치우다니!"

"다들 그렇게 말하지."

뻔뻔하게 대답했지만 나르사스의 여유도 거기서 끝났다. 알프리드는 자신의 모양 좋은 턱에 가느다란 손가락을 가져다대고 무언가 생각에 잠긴 것 같더니, 갑자기 물은 것이다.

"나르사스, 당신 나이는 몇 살이야?"

"스물여섯이네만, 그건 왜 묻나."

"흐응, 스물다섯 넘었구나. 조금 더 젊을 줄 알았더니."

"……기대를 저버려서 미안하군."

"뭐, 됐어. 나랑 딱 열 살 차이니까 외우기도 쉽고, 어느 정도 나이 차이가 있는 편이 의지가 되니까."

늘 대담하던 현자답지 않게 나르사스는 약간 당황했다. 무언가 불길한 분위기를 느꼈는지 입을 다물었다. 소녀는 자기 혼자 수긍한 듯이 말을 계속했다.

"그래도 앞으로 2년은 기다려야 해. 우리 어머니도 할머니도 증조할머니도 열여덟 살 9월에 결혼식을 올렸거든."

"난 그대의 가계에 별 관심이 없어. 그보다도 이제야 겨우 마음 놓고 식사를……."

"나 요리 꽤 잘하는데."

"대체 아까부터 무슨 말을 하려는 건가, 그대는?!"

소녀는 나르사스를 뚫어져라 바라보고 있었다.

"둔하구나, 당신. 모르겠어? 정말?"

"……."

말재간 하나로 3국 연합군을 국경 밖으로 몰아내고, 한 나라에서 으뜸가는 현자라 칭송받던 날이 머나먼 과거처럼 느껴졌다. 나르사스는 한 차례 고개를 가로저었으나 그렇다고 현실이 사라지는 것은 아니었다. 이날 이 순간에 이르기까지 자신이 몇 번의 선택을 그르쳤는지 생각해보려다 이내 관두었다.

"아무튼 당신 말대로 식사를 하자, 나르사스. 후카도 있고, 티흐스이라프(콩 수프)도 비스탄두드(핫케이크)도 있거든. 당신 입에 맞으면 좋겠는데. 아니라면 다시 만들게."

통통 튀는 발걸음으로 집 안을 향해 들어가는 소녀를 나르사스는 약간 어이없다는 듯이 바라보았다.

"……어쩌다 이렇게 됐지."

안드라고라스 왕에게 미움을 샀을 때도, 악덕 신관들의 자객에게 포위당했을 때도, 아르슬란 일행과 함께 바슈르 산을 탈출했을 때도 이렇게 중얼거린 적은 없었다. 지금껏 어떠한 난제에 부딪쳐도 그의 지략으로 풀지 못할 매듭은 없었다. 그러나 보아하니 그것도 과거의 사실이 되고 만 것 같았다.

제4장 분열과 재회

I

파르스력 320년 초겨울, 이 나라는 영웅왕 카이 호스로 등극 이래 최대의 혼란에 빠졌다.

이제까지 파르스의 역사에는 많은 일이 있었다. 왕위를 둘러싸고 궁정 내에서 음모와 암살이 펼쳐졌다. 샤흐르다란의 반란도 있었고, 외세의 침략도 있었고, 반대로 파르스가 외국을 침공한 일도 있다. 흉작과 무거운 세금에 견디다 못한 농민의 봉기도 있었다. 자유를 찾아 굴람들이 사막을 행진한 일도 있었다. 부왕을 치고자 결심한 왕자가 병사를 이끌고 만년설로 덮인 산을 넘은 적도 있다…….

그래도 파르스는 파르스였으며 대국의 힘과 통일성에는 흔들림이 없었다. 왕도가 적국에게 점령당한 적도 없었고, 옥좌가 빈 적도 없었다. 이제까지는.

그랬던 것이 지금, 무적이었던 파르스 기병군단은 아트로파테네에서 궤멸되고 샤오 안드라고라스 3세는 행방불명되었다. 왕도 엑바타나는 점령당하고, 왕비 타흐미네는 루시타니아군에게 사로잡히고, 왕태자 아르슬란은 여전히 산속에서 도망을 치고 있다. 게다가 이러한 정보가 모두 정확하게 전해지는 것도 아니었다. 오보와 허보가 뒤섞여 무엇을 믿어야 좋을지 판단도 서지 않는 참상이었다.

정복자가 된 루시타니아군이 보기에도, 그들은 왕도 엑바타나와 서북쪽 국경을 주축으로 삼아 파르스 전국의 3분의 1을 간신히 점령했을 뿐이었다. 그 외의 지방에 있는 군대, 관료, 샤흐르다란 들은 누구에게 충성을 맹세해야 좋을지 전혀 감도 잡지 못했다.

누군가가 큰 목소리를 낸다면 그러한 세력들은 물밀듯이 그쪽으로 따라갈 것이다. 그러나 아무도 그리하지 않았으므로 다들 출병과 전투 준비만 갖추어놓은 채 눈치만 살폈다. 사정도 잘 모른 채 제일 먼저 움직였다가 제일 먼저 짓밟힌다면 그보다도 비참한 일이 없다.

루시타니아의 입장에서는 파르스 국내의 세력들이 일치단결하여 반 루시타니아의 깃발을 내거는 일이 생겨서는 곤란하다. 그들이 우왕좌왕하고 판단을 망설이는 틈에 각개격파해야만 한다.

열네 살짜리 미숙한 소년, 아르슬란이 가진 정치적 의의가 여기에 있었다. 그리고 합쳐봐야 열 명도 안 되는 아르슬란 일행이 동방국경의 페샤와르 성새에 들어가지 못하도록 루시타니아군과 협력자들이 막아야만 하는 이유도 여기에 있었다.

아르슬란 일행이 페샤와르 성새로 들어간다는 것은 대의명분과 실제 전력의 결합을 뜻하기 때문이다.

추격대의 지휘를 맡았던 히르메스는 잠시 잔데에게 뒤를 맡기고 왕도 엑바타나로 달려가게 되었다. 나르사스와 알프리드를 눈 뜨고 놓쳤던 그 직후였다.

"안드라고라스의 자식놈은 분에 넘치는 신하를 몇이나 거느리고 있는 게로군."

잔데가 이끄는 부대와 합류했을 때 히르메스는 자조를 담아 중얼거렸다. 자신도 나르사스를 놓쳤지만 잔데도 다륜 일행을 놓쳤고, 다른 한 부대도 아르슬란을 잡지 못해 모두들 보기 좋게 빈손으로 집합하는 추태를 연출했던 것이다.

"변명할 길이 없나이다, 전하."

"됐다. 그보다 다친 곳은 어떤가. 아프지는 않나?"

"고마우신 말씀이오나, 이 정도 부상은 부상 축에도 들지 않습니다."

잔데는 큰 목소리로 대답했다. 허세가 아니다. 두 눈은 쇠하지 않는 투지로 번들번들 빛났다.

"설령 다륜 탓에 한 팔 한 다리를 잃었다 한들 반드시 놈의 정수리를 갈라버리겠나이다. 조금만 더 기다려 주시옵소서."

그 호언장담을 히르메스는 믿었다. 아니, 믿었다기보다는 믿을 수밖에 없었다. 의지할 만한 아군이 달리 없었으며, 이 잔데라는 젊은이는 거칠어 보여도 정보에 꽤 밝다.

"나는 일단 엑바타나로 돌아가겠다. 루시타니아의 왕제, 그 기스카르 놈이 나에게 무언가 볼일이 있는 모양이다. 그사이 나를 대신해 그대가 병사들을 지휘하라."

히르메스는 잔데에게 그렇게 말했으나 사실 이만큼 기묘한 이야기도 없다. 원래 히르메스 휘하에는 병력이 전혀 없었다. 병사는 모두 고인이 된 칼란의 부하들이고, 지금은 잔데를 섬긴다. 새삼스레 잔데에게 지휘를 맡으라고 할 필요도 없다.

그러나 히르메스도 잔데도 지극히 진지했다. 이 두 사람에게 '파르스의 정통한 샤오와 그의 궁정'은 엄연히 실존했다. 그러니 어디까지나 잔데는 국왕의 군대를 맡고 있을 뿐이었다.

"히르메스 전하께 영웅왕 카이 호스로의 가호가 있기를."

잔데와 그의 부하들에게 공손한 인사를 받으며 히르메스는 북쪽 저편의 엑바타나를 향해 말을 몰았다.

말 위에서 히르메스는 생각했다. 루시타니아인들 밑에서는 것도 슬슬 싫증이 난다고. 그 미친 원숭이 같은 보댕이나, 술 대신 설탕물을 마시는 징그러운 이노켄티스 왕 따위 언제든 해치울 수 있다고 여겼다.

다만 수완가인 왕제 기스카르만은 방심할 수 없는 자였다.

히르메스는 그를 이용하여 루시타니아의 군 내부에서 입장을 유지해왔다. '은가면을 쓴 사내' 히르메스를 좋게 생각하는 루시타니아인은 한 사람도 없을 것이다. 어디까지나 기스카르를 두려워해 입 밖에 내지 않을 뿐이다. 그러나 이따금 히르메스를 보는 기스카르의 눈에 기묘한 빛이 어른거리지 않는가. 슬슬 그에게서 독립할 생각을 해두는 편이 좋을지도 모른다.

그건 그렇다 쳐도 대국 파르스의 정통한 샤오라는 몸이 기스카르 같은 자의 요구에 응해 왕도와 변경 사이를 오가야 한다니. 히르메스는 가면 안에서 씁쓸하게 웃었다. 하지만 그것도 곧 끝난다. 파르스에 정의가 되살아나는 것이다.

정의란 정통한 샤오에 의한 지배를 말한다. 16년 전의 그날부터 히르메스는 그렇게 믿어왔다.

왕도 지하의 한 곳에서 암회색 옷을 입은 마도사가 제자들의 보고를 받고 있었다. 제자들 중 하나가 죽었던 것이다.

"아르장이 살해당했단 말이냐. 의외로 허무하구먼."

"참으로 못난 짓을 하여, 동지였던 저희도 존사님께 면목이 없나이다. 부디 명예를 회복할 기회를 내려주시옵소서."

"뭐, 그리 황송해할 것 없다."

사내는 짧게 웃었다. 이제는 '노인' 이라고도 할 수 없었다. 하루가 지날 때마다, 한나절이 지날 때마다 활력과 젊음이 되살아나고 있었다.

"가다크를 깨뜨릴 방법은 기름을 부어 땅속까지 불을 지르거나, 독을 물에 타 땅에 배어들게 하거나 둘 중 하나밖에 없다. 변방 농민들 따위가 생각해낼 수는 없는 지혜. 아르장은 자기보다 기량이 뛰어난 자에게 패했을 뿐이니라."

"존사님. 그것이 대체 어떤 자이옵니까?"

"글쎄……."

사내의 목소리와 표정이 맞물려 다른 마도사들은 스승의 본심을 읽을 수 없었다.

"누가 됐든 사왕 자하크 님의 재림을 바라는 자는 아닐 것이다. 그보다도 아르장 다음으로 누군가가 다시 루시타니아의 거물을 해치워야만 할 터인데."

암회색 옷 끄트머리에서 마도사의 손가락이 뻗어나가 어둠 한 점을 가리켰다.

"산제, 그대에게 명한다……."

II

아름다운 정원이었다. 수림과 화단, 분수와 조각이 교묘하게 배치되었으며 값비싼 타일을 깔아놓은 정원길이 이들 사이를 흐르듯 누비고 있다. 타일에는 그림이 가미되어서, 정원길을 한 바퀴 도는 동안 영웅왕 카이 호스로의 삶에서 죽음까지를 그림 이야기로 한눈에 볼 수 있었다.

과거에는 더 아름다웠다. 한때는 피와 불에 휩쓸렸다가 그 후 이노켄티스 왕의 명령으로 복구된 것이다. 지극히 불완전하기는 했지만.

유리를 깐 온실 안에 온갖 색의 랄레 꽃이 흐드러지게 피어 있었다. 이 온실만이 전쟁의 불길을 면할 수 있었던 것은 그야말로 기적이었다. 이곳은 파르스와 루시타니아의 정원 조성 기술 격차를 보여주는 본보기와도 같은 장소였다.

이노켄티스가 한숨을 쉬었다.

"저 꽃들도 타흐미네의 아름다움 앞에서는 고목과도 같구나."

"……."

"그리 생각하지 않느냐, 기스카르?"

"참으로 아름답습니다."

기스카르는 일부러 주어를 애매하게 하여 대답했지만 어조가 무뚝뚝해지는 것은 어쩔 수 없었다.

기스카르도 한때는 타흐미네의 아름다움에 끌렸으나 지금은 체념하고 정략과 외교의 도구로 이용하고자 선을 그어놓고 있었다. 아니, 그럴 생각이기는 해도 이따금 미미한 미련이 느껴졌다. 그런 만큼 체면도 소문도 아랑곳 않고 타흐미네의 아름다움에 빠질 수 있는 형이 더더욱 마음에 들지 않았다.

그건 그렇다 쳐도 온실 안의 등나무 의자에 앉은 타흐미네는 랄레 꽃을 바라보며 무슨 생각을 하고 있을까. 기스카르는 형처럼 감미로운 환상은 품지 않았다. 그 대신 의혹과 경계심을 품었으나 그럼에도 이따금 자신도 모르게 타흐미네의 모습에 넋을 놓곤 했다.

"형님!"

일부러 큰 목소리를 낸 이유는 형보다도 오히려 자기 자신에게 호통을 치기 위해서였다.

"뭐, 뭐냐, 동생아."

"이럴 때 운치 없는 이야기라 송구스럽지만, 보댕과 템페레시온스 때문에 그렇소. 그 이야기를 하고자 나를 부르신 것 아니었소?"

"오오, 그랬지. 기스카르, 기스카르. 짐은 어떻게 하면 좋겠느냐?"

"……."

"사랑하는 동생아. 템페레시온스가 하는 말은 너무나도 성급하고 일방적이라 생각하지 않느냐? 짐에게도 할 말이 있고 국가에는 사정이란 것이 있는데 전혀 이해해주지를 않는구나. 이제까지 짐이 얼마나 교회에 헌신하였는지 잘 알 텐데도. 그놈들은 은혜가 무엇인지 느끼지 못하는 게냐?"

그걸 이제야 알았느냐고 기스카르는 냉소를 퍼부어주고 싶었으나 그런 마음은 입으로도 표정으로도 드러내지 않았다.

"정말, 보댕과 놈의 부하들은 구제할 길 없는 것들이니 말이오……."

문득 어떤 사실을 떠올린 기스카르는 깜짝 놀라 말을

끊었다. 보댕 대주교와의 음험한 투쟁에 열중하는 바람에 중요한 사실을 잊어버렸던 것이다.

그는 싸늘함과 험악함을 담은 눈빛으로 형왕을 노려보았다.

"설마 형님, 안드라고라스가 옥에서 살아있다는 사실을 왕비에게 가르쳐주신 것은 아니오?"

바로 조금 전까지와는 분위기가 완전히 달라진 동생의 냉엄한 어조에 이노켄티스 왕은 놀랐다. 눈을 껌뻑인 다음, 황급히 고개를 가로저으며 결코 그런 이야기는 하지 않았다고 맹세하듯 대답했다.

"좋소, 형님. 분별은 있으시구려."

동생이 형에게 하기에는 무례한 말이었을지도 모른다.

안드라고라스 왕의 생사를 애매하게 해두는 데에는 기스카르에게도 의미가 있었다. 만일 안드라고라스 왕의 죽음이 확인된다면 아직까지 자유의 몸인 아르슬란 왕자가 새로운 샤오가 되어 파르스 국내의 반 루시타니아 세력은 통일되고 만다. 아무리 지금까지 파르스의 국정에 불만이 있었다 해도, 상황이 파르스 대 루시타니아로 돌아간다면 파르스 국민이 아르슬란 왕자의 편을 드는 것은 당연한 노릇이다.

게다가 기스카르의 입장에서는 타흐미네 왕비의 본심이 확실하지 않은 동안은 안드라고라스 왕을 처분하고 싶지 않았다. 섣불리 죽인 다음 아차 살려둘걸 하고 후회해봤자 때는 늦다.

어찌 됐든 신중해야만 했다.

그 무렵, 대주교 보댕의 개인실에서는 템페레시온스 단장 힐디고가 열심히 방 주인을 부추기고 있었다.

"아예 국왕 이노켄티스를 폐위하시면 어떻겠습니까, 대주교 예하."

템페레시온스 단장이 속삭이자 보댕은 생각에 잠긴 듯 손가락으로 턱을 매만졌다.

"그것도 조금 성급하구먼. 난처한 왕이기는 하네만, 이제까지의 공적이 있어서 말일세."

"하오나 루시타니아의 국왕은 단순히 왕으로서 국가를 통치하는 데서 그치지 않고, 성자로서 이알다바오트교도 위에 군림하는 몸이기도 합니다. 이교도의 여자를 사랑하다니, 그것만으로도 이미 왕이 될 자격은 없는 것입니다."

"그렇다 해도 이노켄티스 왕 대신 누구를 옥좌에 앉히겠나? 그에게는 자식이 없으니 혈연상 가장 가까운 자라면 그 기스카르가 되겠네만, 그대는 그래도 좋겠나?"

"기스카르 공작은 재능 면에서는 흠잡을 데가 없습니

다만, 이교도 놈들과 타협을 일삼기로는 형보다도 더한 자이니 말입니다."

"그렇지. 그 왕제 놈에게는 신의 뜻보다도 권력과 재물이 더 중요하다네."

보댕은 씁쓸하게 내뱉었다. 타인의 결점은 잘 아는 법이다. 기스카르가 들었으면 쓴웃음을 지었으리라.

"루시타니아 본국에 왕가의 피를 이은 분이 계시지 않습니까."

"으음……?"

보댕이 고개를 갸웃했다.

"그런 분이 계셨던가?"

"어쨌든 혈통만 이어져 있으면 나이는 어려도 상관없겠지요."

"흐음, 그런가. 그렇구먼."

보댕은 지극히 타당한 수순으로 어른들만을 생각했는데, 힐디고의 말대로 어차피 꼭두각시 왕이라면 어린이든 갓난아기든 상관이 없다. 오히려 어린 편이 다루기 쉽지 않겠는가. 생각해보면 이노켄티스 7세도 소년 시절에는 성직자의 말을 고분고분 따랐다. 그런데 어른이 되자 이 꼴이다. 하필이면 이교도 여자에게 현혹되어 신을 업신여기다니.

"그리고 예하. 제 생각에 국왕 한 사람의 몸에 왕권과 교권이 집중되는 것은 별로 좋지 못하다고 봅니다만."

단장의 말에 보댕은 번뜩 눈을 빛냈다. 그러나 입 밖으로는 아무 말도 하지 않았다.

힐디고는 일부러 목소리를 죽였다.

"이번처럼 국왕이 교권의 지고자임을 잊고 이교도의 여자에게 현혹되는 일이 생긴다면 국가를 위해서도 종교를 위해서도 좋지 못할 것입니다."

"……."

"폐위하는 날에는 왕권과 교권을 완전히 분리하십시오. 그리고 대주교 예하께서 교권의 지고자에 올라 교황이 되셔야 합니다."

"힐디고 단장, 말을 함부로 하는 게 아닐세."

보댕은 목소리를 죽였으나 힐디고의 주장을 내치려 하지는 않았다.

국왕이 되라고 권유했다면 보댕은 상대도 하지 않았으리라. 그러나 교황이 되라고 한다면 이야기가 다르다. 지상의 권력에 집착하는 것은 성직자의 길이 아니다. 그러나 천상의 영광을 지키기 위해서라면 이야기가 다르다.

힐디고는 잠시 후 보댕의 방을 나왔다. 문밖으로 나온 순간 그는 혀를 찼다. 금품을 기대했는데, 보댕은 알아차린 기색이 없었던 것이다.

"쯧, 눈치 없는 사이비 성직자 같으니. 내가 그렇게 호의를 보여줬건만, 어떻게 해야 감사의 뜻을 보일 수 있는지도 모르다니."

힐디고의 입장에서도 생각할 것은 있었다.

파르스를 침략해 있는 대로 약탈하고 포학을 부려 재물과 미녀를 얻고 루시타니아로 돌아갈 것인가. 아니면 파르스를 두고두고 오랜 기간에 걸쳐 지배하면서 풍요로운 대지를 조금씩 쥐어짜낼 것인가.

어느 쪽이든 루시타니아인인 힐디고에게 이교도인 파르스인은 지배와 강탈의 대상일 뿐이었다. 똑같은 악정이라 해도 방식이 있다. 기왕이면 더 결실이 많고 효율적인 방식을 택하는 편이 낫다.

마르얌에서는 많은 피를 흘렸지만 얻은 것은 많지 않았다. 오랜 문화를 자랑하는 국가이기는 하지만 토지는 척박하고, 그렇다고 금은이 채굴되는 것도 아니다.

그래도 힐디고는 그럭저럭 괜찮은 수입을 올렸다. 무엇보다도 50만 명이 넘는 남녀를 노예로 여러 나라에 팔아치운 대금으로 한몫 단단히 잡았다. 마르얌 왕국의 오달리스크(후궁)에서는 미녀를 몇 사람이나 손에 넣었다.

마르얌 인은 이알다바오트 교를 믿는 민족이지만 루시타니아 국왕의 권위를 인정하지 않는 이단자들이었으며, 파르스나 미스르 같은 이교의 국가들과도 사이가 좋았다. 그런 국가는 아무리 잔학하게 대해도 상관이 없는 것이다.

마르얌에 비하면 파르스는 훨씬 풍요로운 나라다. 일부러 수척하게 만들어 잡아먹는 짓은 어리석지 않겠는가…….

III

템페레시온스 단장 힐디고가 내밀히 찾아왔다── 그 말을 들었을 때 왕제 기스카르는 그리 의외라고는 생각하지 않았다. 그는 힐디고를 이렇게 보고 있었기 때문이다.

"보댕이 차가운 돌이라면 그 단장은 불에 구운 치즈다. 표면은 단단하지만 속은 맥없이 부드럽다."

우단 천을 깐 호화로운 의자를 권하자 힐디고는 거만한 자세로 앉았다. 그리고 제 딴에는 묵직하다고 생각하는 어조로 말을 시작했다.

"왕제 전하께는 솔직히 말씀드리겠습니다. 대주교 예하는 이노켄티스 폐하께 매우 실망하셨습니다."

이단자들의 마르얌, 이교도들의 파르스 두 대국을 멸하고 이알다바오트 신의 영광을 동방세계에까지 떨쳤다. 그것까지는 좋다. 그러나 그다음이 좋지 못했다. 이교도의 여자, 그것도 남의 아내를 사랑하다니 이알다바오트 신을 섬기는 신도의 대표자로서 있을 수 없는 일이다…….

말을 들으며 기스카르는 마음속으로 코웃음을 쳤다. 새삼스레 이런 화제를 꺼내봤자 힐디고의 본심은 뻔했다. 이 뜸 들이기 좋아하는 기사단장은 딱히 보댕에게 절대적인 충성심을 품은 것도 아니다. 자신을 비싸게 팔아치우고 싶을 뿐이다.

"그래서 기사단장은 나의 형에게 무언가 유익한 조언을 하실 생각이신가?"

"실망만 하고 있을 때는 그나마 괜찮지만 절망으로 바뀌면 저희도 대주교 예하께 중재할 방법이 없습니다."

힐디고의 입이 움직이면 검붉은 콧수염이 위아래로 힘차게 춤을 춘다. 그것이 묘하게 천박해 보였다.

"기사단장. 만일 형이 그대들의 호의를 업신여겨 파문이라는 결말을 맞게 되었을 때, 그 후 루시타니아의 통치는 누가 맡게 되지?"

기스카르의 성격으로 보았을 때는 상당히 노골적인 질문이었다. 에두른 말이나 속내를 캐는 행동도 상대에 따라 달라진다. 기스카르는 힐디고가 욕심은 많고 그에 반비례해 생각은 얕은 소책사일 뿐이라는 사실을 이미 간파하고 있었다. 그런 줄도 모르고 힐디고는 여전히 겉모습을 꾸미기 바빴다.

"그야 왕제 전하, 저희가 대주교 예하께 무어라 보고를 드리느냐에 따라 전하의 장래도 탁 트일 수 있겠지요."

기스카르는 냉소를 감추며 고개를 끄덕였다. 탁자 위의 조그만 종을 흔들어 하인을 불렀다.

잠시 물러났던 하인이 다시 나타났을 때는 숫자가 열 배로 불어났으며 한 사람 한 사람이 커다란 상자를 안고 있었다. 기대와 놀라움을 담아 바라보는 힐디고에게 기스카르는 은근한 어조로 말했다.

"내가 개인적으로 기사단에 기부하는 것일세. 너무 조촐해서 마음이 아프네만, 파르스의 이교도 놈들에게 몰수한 재화는 거의 다 형님과 보댕 대주교가 관리하고 있어서 말일세. 언젠가 더 얹어드릴 테니 우선은 거두시게."

파르스 디나르 2만 닢, 세리카에서 온 질 좋은 비단 2백 필, 그 외에는 신두라에서 온 상아세공품 같은 것들이 있었다.

그중에서도 파르스의 해안지방에서 나는 베이레(진주眞珠)가 기사단장의 눈길을 빼앗았다. 엄지손톱만큼 굵은 진주가 진홍색 천에 감싸여 천 개 정도 늘어서 있는 모습은 루시타니아에서는 도저히 볼 수 없다. 힐디고는 욕심에 숨을 토해내며 손가락으로 목덜미의 땀을 닦았다.

"이거이거…… 왕제 전하의 마음 씀씀이는 소문과 다르지 않군요. 저희 기사단 사람들도 기뻐할 겁니다. 성직에 몸담은 자들은 가난한 이들을 구원하기 위한 얼마

안 되는 금전조차도 얻기가 힘드니까요."

이렇게 기스카르는 템페레시온스 단장 힐디고의 매수에 일단 성공했다. 어차피 보댕이 힐디고에게 뇌물 따위를 줄 리가 없다. 그 점에서 기스카르는 자신이 유리하다고 확신했다.

여기에 기스카르는 아름다운 파르스 무희 하나를 '개종희망자'라는 명목으로 힐디고의 숙사에 보내주었다. 말하자면 결정타였다.

그날 밤, 템페레시온스 단장 힐디고는 만족스럽게 잠에 들었다.

그가 아침에 일어났을 때 만족했는지 어땠는지는 아무도 알 수 없었다. 주인에게 아침을 가져가기 위해 방문을 연 하인이 본 것. 그것은 피바다로 변한 침대와 그곳에서 숨이 끊어진 남녀의 시체였다.

IV

힐디고의 변사는 이노켄티스 7세에게 충격을 주었다.

물론 기스카르도 놀랐다. 그러나 당황해 소란을 떠는 형왕을 다독이고 진정시키는 사이에 그 자신은 냉정을 되찾고 말았다. 그것이 소년 시절부터 내려온 기스카르의 습관이었다.

또 한 사람, 대주교 보댕도 놀랐다. 동시에 그는 미칠 듯이 분노했다. 변사한 힐디고는 보댕과 기스카르를 저울질하고 있었으며, 그 저울은 기스카르 쪽으로 크게 기울었으나 보댕은 그런 사실을 모른다. 힐디고가 살해당한 이유는 보댕의 편을 들어 국왕을 거역했기 때문이라고 덮어놓고 의심했다.

낯빛을 벌겋게 물들인 채 국왕의 방으로 뛰어든 보댕은 새파랗게 질린 이노켄티스 7세에게 손가락질을 하며 배교자, 살인자, 천벌 받을 놈, 지옥에 떨어질 놈이라고 잇달아 매도했다. 국왕은 졸도할 뻔해 동생에게 구원을 청했다.

"기스카르, 동생아. 나를 위해 대주교에게 해명을 해 다오."

기스카르는 싸늘한 눈빛으로 보댕을 노려보았다.

"대주교 예하는 혹시 아시오? 힐디고 단장이 죽었을 때 혼자가 아니었다는 사실을……."

"누구와 함께 있었다는 말씀이신지요?"

"동침을 했던 여성이오."

기스카르의 목소리는 잔혹한 기쁨을 머금고 있어 보댕 대주교는 분노와 굴욕에 찬 나머지 온 얼굴이 잿빛으로 변했다.

"서, 성직자에게 이 무슨 망발을……. 모독의 극치로

군요."

"모독이란 말은 단장에게나 써야 할 말 아니겠소? 성직에 몸담은 이가 여자와 잠자리를 함께하다니!"

기스카르는 독기를 담아 웃었다.

템페레시온스 단장 힐디고의 급사는 그도 계산하지 못한 일이었다. 잘 구워삶아 언젠가 보댕의 등을 찌르게 할 생각이었다. 그러나 죽어버린 이상 어쩔 수가 없다. 하다못해 보댕을 조롱할 무기로라도 쓰지 않는다면 힐디고에게 준 보물이 허무해진다. 욕심 많은 템페레시온스가 한번 받은 것을 돌려줄 리도 없으니.

"……따라서 일부에서는 수군거리고 있소. 힐디고 경의, 성직자로서 저질러서는 안 될 온갖 죄악이 신의 분노를 사 그처럼 잔혹한 죽음을 맞았으리라고."

기스카르는 강하게 나왔다. 힐디고 단장의 시체와 함께 여자의 시체도 있다. 알몸으로 끌어안은 채 죽었으니 아무도 힐디고가 청렴결백했으리라고는 믿지 않는다.

보댕은 무시무시한 눈빛으로 기스카르를 노려보았으나, 갑자기 일어나더니 거친 발걸음으로 방을 나갔다.

'꼴좋게 됐군.'

기스카르는 그렇게 생각했으나 승리의 기쁨은 오래가지 못했다.

점심식사 때였다. 루시타니아풍의, 양만 많고 맛은 조

잡한 야채 요리를 이노켄티스 왕이 맛없게 먹고 있으려니 두세 명의 기사가 뛰어 들어와서는 중대사를 보고한 것이다.

"템페레시온스 단원들이 완전무장을 갖추고 보댕 대주교의 밑에 모인다 하옵니다. 그야말로 불온한 분위기이온대, 어떻게 해야 좋겠나이까."

이노켄티스는 이번에도 당황하며, 무엇이든 그의 고민을 해결해주는 동생을 불러다 울먹였다.

"기, 기스카르, 사랑하는 동생아. 대주교와 템페레시온스는 공공연히 나를 적대시할 생각인 게냐?"

"진정하시오, 형님!"

형왕을 나무라는 한편 기스카르는 혀를 찼다. 보댕이 이렇게까지 재빠르게, 과감하게 행동에 나설 줄은 생각하지 못했던 것이다.

형을 위해서가 아니라 자신을 위해서라도 무언가 대책을 강구하고자 했으나 문득 어떤 사실을 깨닫고는 황급히 부하 기사들을 불렀다.

"이알다바오트 교의 신기다! 그것을 템페레시온스에 빼앗겨서는 안 된다. 즉시 가서 신기를 가져오라!"

기스카르의 명령을 받은 기사들은 서둘러 왕도를 에워싼 성벽으로 올라갔다. 그리고 깃발 아래까지 뛰어갔을 때, 그들과 같은 목적으로 달려온 템페레시온스 단원들과 맞닥뜨리고 말았다.

서로 상대의 목적은 알고 있다. 기스카르의 부하는 약 열 명. 템페레시온스 단원은 약 스무 명. 서로가 살기를 품고 노려보았다.

"신기에 손을 대려는 거냐, 천벌 받을 놈들."

한쪽이 매도하면 또 한쪽은 고함을 질렀다.

"우리는 왕제 전하의 명령으로 이곳에 왔다. 방해하면 왕제 전하의 분노를 살 줄 알아라."

대화는 필요 없다는 양 깃발을 내리려던 기스카르의 부하가 비명을 지르며 쓰러졌다. 템페레시온스 단원이 느닷없이 검을 뽑아 상대의 어깨를 벤 것이다.

이를 계기로 같은 이알다바오트 교도들 간의 처참한 살육전이 시작되었다. 검과 검, 검과 갑옷, 갑옷과 갑옷이 서로 부딪치고 성벽 위에는 피 냄새가 충만했다.

이윽고 기스카르의 부하들이 열세에 몰렸다. 20대 10은 승부가 되지 않았다. 성벽 한 모퉁이에 몰려 도망치지도 못했다.

그때였다. 우위에 있어야 할 템페레시온스 단원들이 갑자기 무너지기 시작했다.

오후 햇살에 은색 가면을 번뜩이며 한 사내가 단원들을 베어 쓰러뜨린 것이다.

차원이 다를 정도로 강했다. 은가면이 한 발 파고들면

하얀 검광과 붉은 핏줄기가 동시에 솟아났다. 루시타니아인들의 목이 날아가고 팔이 날아가고 몸통이 양단되어 성벽 위의 벽돌은 유혈로 덮였다.

템페레시온스는 덜덜 떨었다. 입을 모아 이알다바오트 신의 이름을 외치며 마침내 도망쳤다. 남은 것은 아홉 명의 사망자와 네 명의 중상자였다.

이리하여 신기는 왕제 기스카르에게 돌아갔다.

여기까지는 좋았으나 은가면, 즉 히르메스에게 베인 사망자들 가운데 몽페라토 장군의 동생이 있었다.

격노한 몽페라토는 아군 기사들이 지켜보는 가운데 은가면을 규탄했다.

"그대들은 이 가면 쓴 작자를 루시타니아의 패업에 공을 세운 자라 생각할지도 모른다. 그러나 반대의 입장에서 생각해보라! 이놈은 삿된 원한으로 자신의 조국을 외적에게 팔아치운 배신자다!"

술렁거린 것은 루시타니아인들뿐, 당사자인 은가면은 한마디도 하지 않았다.

"자신의 나라를 팔고 동포를 적군의 손에 맡겨놓고도 태연한 자다. 한번 바람 방향이 바뀌면 그때는 루시타니아를 누군가에게 팔아치울 것은 어둠 속의 불보다도 뻔하지 않은가!"

몽페라토는 분노에 떨리는 손가락으로 은가면을 삿대

질했다.

"장래의 화근을 남겨두어서는 안 된다. 이 자리에서 베어 루시타니아를 구해야 한다."

몽페라토는 주위를 둘러보았다. 루시타니아인들은 얼굴을 마주 보고 검에 손을 가져다 댄 채 뽑을지 말지 망설였다.

은가면이 얼마나 강한지 루시타니아인들은 잘 안다. 함부로 선두에 나서 공격할 수는 없다.

그 사실을 깨달은 몽페라토는 더 이상 타인을 의지하려 들지 않았다. 검을 뽑고 은가면을 향해 막 검을 휘두르려 했다.

이에 호응해 히르메스가 검을 뽑아 막아내려 했을 때, 왕제 기스카르 공작이 부하 기사들의 안내를 받아 달려왔다.

원을 이룬 사람들 밖에서 중심부를 향해 소란이 전해지고 기스카르가 두 사람 사이에 끼어들었다.

"몽페라토, 검을 거두어라!"

"외람되오나, 왕제 전하……!"

"검을 거두어라. 장래는 이알다바오트 신께서만 아실 일이다. 어찌 됐든 지금은 우리나라에 훈공을 세운 이자를 그대가 해치게 놓아둘 수 없다."

몽페라토는 손에 들었던 검의 날보다도 얼굴이 파리해

져 그 자리에 가만히 서 있었다. 기스카르는 더욱 목소리를 높였다.

"이자를 벌한다면 앞으로 파르스 백성들 중 우리 군에 협조할 자는 사라질 것이다. 이자의 활약이 있었기에 템페레시온스에게 신기를 빼앗기지 않았던 것 아니더냐. 그대의 동생에게는 안 된 일이지만 지금은 분노를 거두어줄 수 없겠나."

"왕제 전하. 소인 몽페라토는 그저 동생의 원수를 갚고자 이러한 짓을 한 것이 아닙니다. 이 은가면을 뒤집어쓴 자가 조국에 해가 되리라 생각했기에……."

"잘 안다. 그대는 공정한 자라는 것을. 그러나 그보다도 말귀를 알아듣는 자가 되어주었으면 고맙겠네."

그렇게까지 말하니 몽페라토도 고집을 부릴 수는 없었다. 검을 거두고 고개를 숙여 인사하니 동료 기사들도 안도한 듯 해산하고 그 자리에는 기스카르와 은가면만이 남았다.

"말려주셔서 다행이었습니다. 왕제 전하의 부하를 위해……."

비아냥거림이 섞인 감사에 기스카르는 노골적으로 눈살을 찡그렸다.

"그렇게 단정 지을 수만은 없을 텐데. 몽페라토의 무용은 분명 자네에게는 미치지 못하네. 그러나 인망이라는 점에서는 이야기가 다르지. 몽페라토가 자네의 검에 쓰러졌다면 이 자리에 있던 기사들이 모두 자네의 적이 되었을 걸세."

히르메스는 입술을 일그러뜨렸으나 가면 안이었기에 기스카르에게는 보일 리 없었다.

"자네가 보기 드문 용자인 것은 사실이네만, 1대 50으로도 이길 수 있으리라 확신하나?"

기스카르가 덧붙인 말에 히르메스는 목소리로 내지 않은 채 마음속으로 대답했다. 상대가 파르스 기사라면 모를까, 루시타니아 기사 따위 50명이 설령 100명이 된다 하더라도 두려워할 것이 없다고.

그러나 물론, 겉으로는 공손히 고개를 숙였을 뿐이었다.

V

신기는 기스카르의 손에 남았다. 그러나 보댕 대주교는 템페레시온스를 대동하고 그날 밤 왕도에서 탈출하고 말았다. 그가 향한 곳은 마르얌과의 국경에 가까운 템페레시온스의 성이었다.

기스카르도 이것은 예상하지 못했다. 보댕을 암살할 기회가 오리라 예상하고 일부러 은가면을 불러들인 것인데 쓸모가 없게 된 것이다. 히르메스의 입장에서 보자면 한층 어리석은 헛걸음이었다.

기스카르의 마음을 읽지 못하는 이노켄티스 왕은 입만 열면 잔소리를 늘어놓는 보댕이 눈앞에서 사라진 것만으로도 단순히 기뻐하는 눈치였다.

'설탕물을 지나치게 마셔 뇌에 온통 충치가 생겼나.'

기스카르는 그렇게 내뱉어주고 싶은 기분이었다. 애초에 이노켄티스가 품은 문제는 조금도 해결되지 않은 것이다.

타흐미네와의 결혼에 교회 세력의 허가를 받을 것인가 말 것인가. 안드라고라스 3세를 죽이라는 타흐미네의 요구를 받아들일 것인가 말 것인가. 타흐미네를 이알다바오트 교로 개종시킬 수 있을까 없을까. 어려운 문제뿐이었다. 차라리 기스카르가 형을 대신해 장래의 어려움을 걱정해주고 싶을 정도였다.

그래도 보댕이 눈앞에서 사라진 것은 역시 유쾌했다. 1만 명의 파르스인을 처형한다는 이야기도 사라졌다. 놈은 언젠가 천천히 요리해주면 된다. 기스카르는 그렇게 생각했다.

한데 상황은 그것만으로는 끝나지 않았다.

템페레시온스는 왕도를 떠나는 김에 왕도의 북쪽에 있는 카레즈(용수로)를 파괴해버렸던 것이다.

광대한 농경지가 물에 잠겨버렸다. 그리고 물이 한 번 빠져나간 후에 작물은 전혀 결실을 내지 못할 것 같았다.

보고를 받은 기스카르는 온통 펄밭이 된 농경지를 바라보며 아무 말도 하지 못했다.

"재건하려면 10년은 걸릴 것이옵니다. 그동안 이 일대는 농경지로서는 아무런 도움이 되지 않사옵니다. 그뿐이 아니라 봄이 지나 여름이 되면 왕도는 물 부족에 시달리리라 사료되옵니다."

종군기술자의 말을 듣고 왕도로 돌아온 기스카르는 자단 탁자에 놓여 있던 유리잔을 세 개 부수었다. 천장과 벽과 바닥에 각각 한 개씩을 내팽개쳤던 것이다.

"보댕, 그놈! 미친 원숭이 같으니! 해도 되는 일과 안 되는 일도 구별하지 못하나!"

눈앞이 아찔해질 만한 분노가 그를 사로잡았다.

"아르슬란 왕자보다도 보댕과 템페레시온스가 더 큰 재앙이라 해야 하리라. 놈들이 활개 치도록 내버려두었다간 파르스 전국이 불모의 황야로 바뀌고 말겠구나."

기스카르는 결심할 뻔했다. 루시타니아 정규군을 총동원해 보댕과 그를 따르는 템페레시온스를 모조리 섬멸하고 단숨에 결판을 내버릴까 하고.

"……아니, 그리 쉽지는 않겠지."

기스카르는 기분 같아서는 보댕 대주교와 성당기사단

의 간부들을 늘어놓고 한칼에 목을 베어버리고 싶었다. 그러나 교활하게도 그들은 자신들의 성에 틀어박혀 2만 이상의 병사를 거느리고 있다. 이를 치려면 다수의 병력이 필요할 테고, 무엇보다 교회 세력과 싸운다고 한다면 장병들 중에서도 머뭇거리는 자가 나올 것이다. 나아가서는 루시타니아군이 이처럼 국왕-왕제파와 대주교파로 나뉘어 서로 다툰다면 아르슬란 왕자를 비롯한 파르스 왕당파만을 기쁘게 하는 꼴이다.

그렇게 되면 기껏 루시타니아에서 원정을 나와 파르스를 어떻게든 지배한 이제까지의 고생도 물거품이 된다. 함부로 손을 댈 수는 없었다.

"보댕 그 미친 원숭이놈, 여기까지 계산하고 이리도 담대한 짓을 저질렀구나. 차라리 단순한 광신자인 편이 그나마 귀염성이 있겠어……."

문득 기스카르의 머리에 한 가지 생각이 번뜩였다.

"형님은 앞으로 어떻게든 조종할 수 있다. 나에게 방해가 되는 건 보댕 놈과 파르스의 왕태자 둘이지. 그렇다면 이 둘을 서로 물어뜯게 만들어야 하지 않겠는가……."

보댕과 아르슬란을 서로 물어뜯게 하여 함께 쓰러지도록 만든다. 이것은 좋은 생각처럼 여겨졌다. 그렇게 된다면 아르슬란이 제대로 된 병력을 얻지 못할 경우가 오히려 난처해진다. 부디 수만의 병력을 이끌고 출현해주었으면 싶었다. 보댕을 정리해준다면 다음에는 그쪽을 정리해주지.

다만 문제는 양측을 어떻게 서로 물어뜯도록 만드는가 하는 점이었다.

"그래, 타흐미네 왕비. 그 여자는 아르슬란 왕태자의 어머니지. 어머니를 무사히 돌려보내주는 대신 보댕을 죽이게 하자. 그런 거래는 성립될 수 없을까."

하지만 이것도 문제가 있었다. 타흐미네를 풀어준다니, 기스카르의 형인 이노켄티스 7세가 허락할 리가 없었다.

이제까지 이알다바오트 신에게만 향했던 정열이 일단 한 여성에게 향하면 어떤 결과가 되는가. 지금이야 신과 여자 중 어느 쪽에도 손을 대지 못하는 상태가 되었지만 한번 마음의 저울이 여자 쪽으로 기운다면 그 후로는 일직선일 것이다.

그렇게 되면 여자가 신의 자리를 대신하게 될 뿐이며 기스카르에게는 그 어떤 이익도 돌아오지 않는다. 그런 어리석은 일은 사양하고 싶다.

그때 또 한 가지 생각이 기스카르의 머리에 번뜩였다.

만일 아르슬란 왕자를 이알다바오트 교로 개종시켜 루시타니아의 꼭두각시로 조종할 수 있다면, 파르스의 왕위를 그에게 주어도 되지 않겠는가.

아르슬란이 어느 정도 현명한지는 몰라도 고작해야 열네 살짜리 어린아이다. 한번 아군으로 끌어들일 수만 있다면 그 후로는 어떻게든 될 것이다.

……기스카르에게는 잇달아 괜찮아 보이는 생각이 떠올랐다.

그러나 반대로 말하자면 기스카르에게는 결정적인 한 수가 없다는 뜻이기도 했다. 최종 목적은 확실하지만 그곳에 도달하기 위한 길은 그리 넓지도 않거니와 평탄하지도 않았다.

왜 자신은 차남으로 태어났을까. 자신이 장남으로 태어났다면 좋았을 것을. 루시타니아를 위해서도 그편이 나았을 텐데.

'결국 내가 없으면 루시타니아는 국가로서 성립되지 않는다. 나야말로 사실상 루시타니아의 국왕이지. 언젠가는 형식이 사실을 따라잡을 텐데 무슨 사양이 필요하단 말인가.'

기스카르는 그렇게 생각했으나 자신의 손으로 형왕을 살해한다면 보기에도 좋지 않고 꿈자리도 뒤숭숭할 것이다. 가능하다면 누군가에게 손해 보는 역할을 떠넘기고 자신은 형의 원수를 치는 형식으로 당당하게 왕위에 오르고 싶었다. 그렇지 않고서는 왕위에 오를 수는 있어도 왕위를 유지하기는 어렵다.

그건 그렇다 쳐도 얼마 전 페델라우스 백작을 살해하고 어젯밤 또 힐디고를 죽인 범인은 누구일까.

기스카르는 전혀 감을 잡을 수 없었다. 죽은 모습 또한 보통이 아니었다. 페델라우스는 지면에서 돋아난 검에 아랫배를 찔렸다. 힐디고는 문을 잠가놓은 밀실 안에서 여자와 함께 두 동강이 났다. 파르스의 대지에는 무언가 터무니없는 마성이 돌아다니는 것이 분명하다.

"……공작님. 손님이 오셨습니다."

조심스레 몸종이 말을 걸어 기스카르는 정신을 차렸다. 쓴웃음을 지으며 들여보내라 명령했다. 아무래도 너무 공상에 빠지지 않는 편이 좋을 것 같았다.

들어온 것은 다부진 몸집과 음습한 얼굴이 부조화를 이루는 파르스인이었다. 안드라고라스를 히르메스에게서 맡은 고문기술자였다.

"안드라고라스는 아직 살아 있나?"

기스카르는 파르스 어로 물었다. 정복자가 피정복자의 언어를 쓰다니 기묘한 일이지만, 상대가 루시타니아 어를 전혀 쓰지 못하니 어쩔 수가 없다. 언젠가는 루시타니아 어를 쓰도록 파르스인에게 강제한다 해도 당분간은 파르스 어로 대화할 수밖에 없었다.

"……죽여서는 안 된다고, 은가면 경에게 명령을 받았사온지라."

고문기술자는 음습하게 대답했다. 그건 상관없다. 활달하고 수다스러운 고문기술자 따위 오히려 기분 나쁠 뿐이다. 기스카르가 알고 싶은 것은 은가면과 안드라고라스 사이에 시커멓게 가로놓인 운명에 대한 것이었다. 이를 알고 싶기에 파르스인 고문기술자 따위를 일부러 불러들였던 것이다.

"황송하오나 아뢸 수 없나이다."

"충분한 보수를 지불하겠다."

파르스 디나르 몇 닢을 바닥에 던져주었지만 고문기술자는 한사코 이를 쳐다보려 하지 않았다.

"왜 그러느냐. 은가면이 그렇게 두려우냐?"

"소인의 형은 은가면 경에게 쓸데없는 말을 하였기에 혀를 뽑혔사옵니다."

"으음……."

기스카르는 오싹했다. 놈이라면 그러고도 남을 것이라 생각했다.

"은가면의 팔이 아무리 길다 한들 놈은 조금 전에 동방국경으로 향했다. 이곳까지 팔을 뻗어 그대의 혀를 뽑을 수는 없을 텐데."

상대의 마음을 가볍게 해주고자 농담을 해보았으나 고문기술자는 여전히 음습하게 고개를 가로저을 뿐이었다.

"그대에게는 내가 은가면보다도 가까이 있다. 무엇하

면 내가 그대의 혀를 뽑아줄 수도 있다만."

그렇게 으름장을 놓아보았으나 소용이 없었다.

이윽고 기스카르는 고문기술자를, 물론 혀를 뽑지 않은 채 돌려보내줄 수밖에 없었다. 그뿐이랴, 결국 입막음 비용으로 바닥에 던져주었던 금화를 주어야만 했다.

"은가면, 그놈……."

기스카르는 형과는 다르다. 진짜 파르스 나비드를 은잔에 채우고 단숨에 들이켠 후 거친 숨을 내쉬었다.

"이제까지 여러모로 도움이 되었고, 앞으로도 도움이 될 놈임은 분명하지. 하지만 효과보다 독성이 강한 약을 쓰는 데에도 한계가 있는 법이니……."

기스카르는 정치와 군사의 실무가라는 면에서 형왕 이노켄티스 7세를 아득히 능가했다. 루시타니아에서 가장 유능한 사내일 것이다. 그러나 실적과 자신과 야심도 겸비한 사내인 만큼 자신이 타인을 이용한다고는 생각할 수 있어도 타인이 자신을 이용한다는 데에는 좀처럼 생각이 미치지 못했다.

두 잔째 나비드를 다 마시고 기스카르는 방을 나왔다. 온갖 흉사에 동요하는 루시타니아 전군의 사기를 다잡아놓아야만 한다. 그럴 수 있는 사람은 결국 기스카르뿐이었다.

VI

히르메스는 다시 왕도를 떠나기 전에 마르즈반 삼의 병상을 찾아갔다.

부상은 비록 순조롭게 회복되고 있었으나 삼의 표정은 어두웠다. 가증스러운 은가면의 정체가 선왕 오스로에스 5세의 아들이라는 사실을 안 후로 그는 뻔뻔하게 살아남은 자신의 몸을 저주하는 것처럼 보이기까지 했다. 이를 알면서도 히르메스는 자신의 뜻을 꺾으려 하지 않았다. 무슨 수를 써서라도 삼을 한편으로 삼고 싶었다.

"어떠냐. 결심이 섰느냐."

은가면이 창문에서 비쳐드는 햇빛을 반사했다.

침통한 눈으로 이를 지켜보더니, 삼은 크게 한숨을 쉬었다. 이윽고 자기 자신을 단애절벽에서 밀어 떨어뜨리듯 그는 입을 열었다.

"전하. 우리의 국토를 침략하고 포학의 극치를 달리는 루시타니아 놈들을 반드시 추방해주실 수 있겠습니까?"

"반드시."

히르메스는 힘차게 고개를 끄덕였다.

"이제 놈들에게는 아무런 볼일도 없다. 기회를 기다려 모조리 몰아낼 것이다."

그 대답을 들은 삼은 붕대투성이 몸을 일으키더니 뺏

뻣한 동작으로 침대에서 내려와 융단에 한쪽 무릎을 꿇고 공손히 인사했다.

"……정통한 샤오께 충성을."

이리하여 히르메스는 칼란 부자 외에 처음으로 듬직한 아군을 손에 넣을 수 있었다.

엑바타나 성내의 광장 중 한 곳에서 공개처형이 이루어지고 있었다.

처형 대상은 이알다바오트 교에서는 신을 저버린 죄인이라 간주하는 사람들이었다. 파르스의 신들을 섬기는 신관 외에도 창부, 무스타우리드(남창), 가자르(집시), 아와(유랑 가수), 우상을 만드는 공예 기술자, 신들의 모습을 그리는 화공 등 300명 남짓한 남녀가 이날 단두대에 끌려나와 도끼에 목을 베였다. 울부짖는 목소리, 매도하는 목소리, 구원을 청하는 목소리가 울려 퍼지고 여기에 하늘의 까마귀들이 호응했다.

그 모습을 군중 틈에 섞여 흑인 노예 한 명이 지켜보고 있었다. 아니, 복장은 남루한 노예의 차림이었으나 두 눈에는 지혜와 의지의 빛이 깃들어 노예로는 여겨지지 않았다.

이윽고 군중 틈을 빠져나가더니 흑인은 뒷골목의 한

집으로 들어갔다. 조잡한 탁자 위에서 재빨리 편지를 쓰더니 이를 접는다.

큼지막한 광주리를 열자 안에서 매 한 마리가 나타났다. 흑인이 이를 팔에 얹어 밖으로 나왔을 때였다.

"거기 잔지는 멈추어라!"

날카롭게 부르는 목소리에 흑인은 매를 얹은 채 황급히 돌아보았다.

은색 가면을 쓴 사내가 말 위에서 그를 보고 있었다. 흑인은 손에 든 종이를 감추려 했으나 은가면—— 히르메스는 이미 그것을 보고 있었다.

"노예가 아니구나, 네놈."

노예가 글을 알 리 없다. 히르메스는 종이에 문자가 적혀 있음을 발견했다.

흑인은 재빨리 두 팔을 하늘에 뻗어 매를 날렸다.

"수루시(생명을 알리는 천사)! 키슈바드 님께 가거——."

매는 날개를 쳐 하늘을 향해 날아올랐다. 아니, 날아오르려 했을 때는 히르메스의 손에서 은색 빛이 달려나가고 있었다.

히르메스의 단검에 부드러운 복부를 꿰뚫린 매는 찢어지는 비명을 지르며 허공에서 한 바퀴 돌았다. 허무하게 날개를 치며 땅에 떨어진다. 두세 차례 날개로 지면을 두드렸으나 그것이 최후였다.

흑인은 분노와 슬픔의 비명을 지르더니 한 손에 단검을 번뜩이며 히르메스에게 달려들었다.

히르메스는 귀찮다는 듯 장검을 한 차례 휘둘렀다.

다음 순간 흑인의 다부진 오른팔은 팔꿈치 위에서 떨어져나갔다.

처음에 선혈이, 다음에 오른팔이, 마지막으로 흑인의 거구가 섬뜩한 소리를 내며 땅에 떨어졌다.

히르메스는 말에서 뛰어내려 장화 끝으로 땅바닥에 굴러다니던 오른팔을 걷어찼다.

피와 흙먼지에 물들어 몸을 웅크리고 있는 흑인에게 장검을 들이댄다.

"어느 놈의 주구走狗더냐? 안드라고라스의 자식놈이냐, 아니면 남방의 흑인 국가에서 내정을 살피러 온 거냐."

흑인은 대답하지 않았다. 고통을 견디며 이를 악물고 있었다. 히르메스의 장검 끝이 그의 이 사이로 불쑥 들어왔다.

"말을 하지 못한다면 그 이와 혀도 필요가 없겠군. 베어버리겠다만, 그래도 괜찮겠나?"

흑인이 여전히 대답하지 않는 것을 보고 은가면에 뚫린 두 개의 가느다란 구멍에서 타오르는 듯한 안광이 새어나왔다. 히르메스는 정통한 샤오인 자신에게 이렇게 반항적인 태도를 보이는 것을 결코 용납할 수 없었다.

히르메스의 강인한 손목이 한 차례 번뜩이자 흑인의 얼굴이 가로로 베여 피와 치아 조각이 허공에 날아갔다. 흑인은 피투성이가 된 입을 붙들고 몸을 젖혔으나 그래도 비명 하나 지르려 하지 않았다.

장검이 흑인의 턱 아래를 꿰뚫었다.

마르즈반 키슈바드의 충실한 부하는 적에게 한 마디도 정보를 주지 않은 채 쓰러져 숨을 거두었다.

'타히르' 키슈바드의 어깨 위에서 아즈라일이 부르르 온몸을 떨었다. 나직하고 날카로운 비명을 지른다.

"왜 그러느냐, 아즈라일?"

그렇게 물은 키슈바드는 불길한 생각에 눈살을 찡그렸다.

"네 형제에게 무슨 일이 있었느냐? 수루시에게 뭔가……."

매는 대답하지 않았다. 그저 주인을 보호하려는 듯, 혹은 주인에게 보호를 받으려는 듯 한층 키슈바드에게 몸을 기댔다. 페샤와르에서 멀리 떨어진 왕도 엑바타나에서 형제가 살해당했음을 인간에게는 없는 능력으로 느꼈던 것이었다.

VII

다륜과 파랑기스가 페샤와르 성새를 지척에 두고 몇 번째인지 모를 적과 마주친 것은 12월 12일이었다. 산간지방에서는 입김도 희게 물들고 냉기는 가차 없이 뺨을 두드렸다.

“네놈들은 어차피 살아남지 못할 운명이다. 얌전히 말에서 내려라. 그리고 용서를 빌어라.”

두 사람을 반포위한 적의 부대장은 자신만만하게 말했으나 입을 지나치게 크게 벌린 것이 화근이 되어 목숨을 잃고 말았다. 파랑기스가 쏜 화살이 그 입안으로 뛰어들어 그를 영원한 침묵에 빠뜨린 것이다.

“말수 많은 남자는 취향이 아니다.”

생긋 웃지도 않고 파랑기스가 말했다.

적은 한순간 움츠러든 후 쇄도했다. 100대 2라는 숫자를 생각하면 당연한 일이다.

그러나 다륜과 파랑기스는 교묘하게도 말 두 마리가 나란히는 지나갈 수 없는 산길에서 그들을 맞이하고 있었다.

다륜의 장검이 번쩍일 때마다 적의 말은 기수를 잃고 안장을 비운 채 동료들이 있는 곳으로 도망쳤다.

열 번째 적이 다륜의 장검에 피를 묻히자 남은 적들도

동요하지 않을 수 없었으나, 느닷없이 새로운 부대가 그 자리에 나타났다.

"그놈은 나에게 양보해라!"

쩌렁쩌렁 울리는 고함이 귀에 익었다.

다륜과 파랑기스가 생각한 대로였다. 적병이 좌우로 갈라지는가 싶더니 칼란의 아들 잔데의 모습이 두 사람 앞에 나타났던 것이다. 그것만으로도 맹렬한 기세가 바람이 되어 몰아닥쳤다.

어이가 없다는 듯 파랑기스는 고개를 가로저었다. 길고 풍성한 흑발이 바람을 머금고 흔들렸다.

"대단한 집념이로군. 하나 함께 어울려주기에는 조금 피곤한걸."

"내가 상대하지. 카히나께서는 구경이나 하시게."

다륜이 흑마를 타고 한 걸음 다가서자 잔데는 말을 몰아 바짝 달라붙더니 대검을 흑의기사에게 들이댔다.

"오늘에야말로 네놈의 목을 치고 천계에 계신 아버지께 칭찬을 받겠다."

"효성이 지극하군. 그러나 나는 딱히 자네와 싸우고 싶은 생각이 없어."

"네놈은 아버지의 원수다!"

"부정은 않겠네만 자네의 아버님과 나는 정정당당하게 싸워 승부를 냈네."

다륜은 딱 잘라 상대의 말을 거절했다.
"그것도 애초에 그대의 아버지가 파르스의 마르즈반이면서도 루시타니아 놈들의 끄나풀이 되어 나라를 팔았기 때문이었지. 자식으로서 아버지의 어리석은 행위를 부끄러워해야 하지 않겠나?"
"우리 아버지가 루시타니아 놈들의 끄나풀이라고?!"
잔데가 으르렁거렸다.
"아버지와 나는 파르스에 정통한 왕위를 회복시키기 위해 일부러 루시타니아 놈들에게 무릎을 꿇는 척할 뿐이다. 언젠가 때가 오면 네놈과 나, 둘 중 누가 왕가의 참된 충신인지 판명될 것이다."
"정통한 왕위라니, 무슨 뜻인가."
"알고 싶으냐?"
잔데는 새하얗고 강인한 이를 드러내며 갑자기 웃었다. 그는 은가면의 정체를 알고 있으나 다륜은 아직 모른다. 우월감을 느끼고 웃었던 것이다.
"알고 싶다면 나와 싸워라. 나를 멋지게 꺾을 수 있다면 네놈이 알고 싶은 것을 모두 가르쳐주마."
"그러면 사양 않고 가르침을 받겠네."
이미 10기의 피를 먹은 다륜의 장검이 높이 올라갔다. 햇살을 받아 서리처럼 빛난다.
그 순간 잔데는 돌진해 말을 부딪쳐왔다.

단 1합.

투구에 강렬한 타격을 받고 말에서 떨어진 것은 잔데였다. 균열이 간 투구는 반쯤 찌그러져 허공을 날았고 말은 미친 듯이 뛰어 도망갔다.

잔데는 멍하니 모래 위에 주저앉아 있었다. 얼마 전에는 다륜을 비틀거리게 만들었건만 오늘은 1합에 낙마하고 말았던 것이다. 다륜이 싸늘할 만큼 침착한 목소리로 말했다.

"여덟의 실력을 열처럼 보여주는 박력과 투지는 높이 살 만하다. 그러나 두 번씩 통하리라 생각하지는 마라."

"으윽."

발끈한 잔데는 분별을 잃어버렸다. 대검을 수평으로 휘둘러 흑마의 앞다리를 베려 했다. 그러나 다륜이 흑마를 두 발로 서게 했으므로 대검은 허공을 갈랐을 뿐이었다.

"꼴사납구나, 잔데! 스스로 한 말을 잊었느냐."

"시끄럽다!"

다시 잔데가 대검을 쳐들었을 때 파랑기스가 활시위를 당겼다. 화살은 잔데의 왼쪽 손목에 명중해 대검은 소리를 내며 땅에 떨어졌다.

"자, 조금 전에 했던 말이 무슨 뜻인지 들려주실까."

다륜의 목소리에 얼굴을 찡그리며 잔데는 손목에 박힌 화살을 뽑았다. 느닷없이 그 화살을 다륜의 얼굴에 집어던진다. 흑의기사가 피하는 사이에 잔데는 뒤로 몸을 돌려 뛰어갔다.

파랑기스의 두 번째 화살이 유성 같은 궤적을 남기고 잔데의 등에 박혔다. 갑주 위이기는 했지만 심장 뒤에 강한 일격을 받아 잔데는 한순간 숨이 막혔다. 비틀거리면서 균형을 잃더니 갑주의 무게에 끌려 완전히 발을 헛디뎠다.

포효 같은 비명을 남기고 잔데의 거구는 비탈 너머로 사라졌다. 급경사를 굴러가 관목 가지를 부러뜨리며 떨어져간다.

말을 몰아 달려온 파랑기스가 언덕 아래를 내려다보았다.

“죽었을까?”

“글쎄.”

다륜은 널찍한 어깨를 으쓱했다.

“그대가 알고 지내는 진에게라도 물어보면 어떤가.”

“진은 저녁 해가 저물기 시작할 때까지는 눈을 뜨지 않는다. 게다가…….”

파랑기스의 녹색 눈이 살짝 짓궂게 빛났다.

“그처럼 어수선한 자는 진도 다가가기를 꺼려할걸. 어찌 되었든 그자는 더 이상 그대에게 강적이라 할 수 없을 터. 내버려두고 앞길을 서두르지.”

"그게 좋겠군."

잔데의 부하들은 뿔뿔이 흩어져 흔적도 없었다. 다륜과 파랑기스는 산뜻한 솜씨로 고삐를 놀려 페샤와르로 이어지는 산길을 달려나갔다. 다만 다륜의 머릿속에서는 잔데의 말이 불쾌하게 메아리치고 있었다.

정통한 왕—— 대체 무슨 뜻이란 말인가?

그 무렵, 아르슬란, 기이브, 엘람 세 사람은 다륜 일행과 직선거리로 치면 반 파르상(약 2.5킬로미터) 정도밖에 떨어지지 않은 다른 산길을 따라 같은 방향으로 달리고 있었다.

아르슬란은 곧잘 엘람에게 말을 걸었고, 엘람도 겨우 마음을 터놓게 되어 두 사람 사이에서는 아마도 우의 같은 것이 자라나기 시작한 것 같았다. 적어도 기이브가 보기에는 그랬다. 그 증거로 마침내 엘람이 이런 말을 꺼낸 것이다.

"파르스의 남서쪽에……."

엘람의 까만 눈이 저 멀리 상상의 지평선을 바라보았다.

"엘아브하리(허무의 사막)가 사방 300파르상(약 1500킬로미터)에 걸쳐 펼쳐져 있고, 그 끝에 전설의 청동도

시青銅都市 메디나, 원주도시圓柱都市 겔라하가 있다 합니다. 몇 년쯤 전에 나르사스 님께 들었지요. 어른이 되면 그곳을 찾아가보고 싶습니다. 그리고 잃어버린 역사나 전설 같은 것을 많은 사람들에게 들려주고 싶습니다."

"네가 조사한 역사와 전설을 나에게도 가르쳐주지 않겠느냐?"

"전하께서 바라신다면."

"부디 부탁한다."

"분부 받들겠습니다."

엘람이 자신의 장래 희망을 이야기해주었다. 아르슬란은 그것이 기뻤다. 힘들고 위험한 여행도 좋은 벗을 얻어 즐거울 정도였다.

물론 '보호자'인 기이브에게는 나름 고생이 있었다. '왜 하필 내가…….'라고 투덜거리면서도 그는 잘 곳이며 식량을 찾고, 적과 싸우고 소년들을 지켰다. 스스로 돌이켜보며 반쯤은 대견하고 반쯤은 바보 같다고 생각할 정도였다.

그날의 식량을 어떻게 할지 생각하고 있을 때, 그는 어떤 산속의 초원에서 밤색 말이 풀을 뜯는 모습을 발견했다. 그는 손뼉을 쳤다. 말고기를 손에 넣을 수 있다면 며칠은 버틴다. 그 사실을 왕자와 엘람에게 알렸다.

"하지만 아무래도 그게 남의 말인 것 같아서 말입니다."

"야생마가 아닌가?"

"아닙니다, 전하."

기이브는 고개를 가로저었다.

"측대보側對步로 걷는 야생마는 없습니다. 안장도 고삐도 없었지만 그건 어지간히 잘 훈련을 받은 말이었습지요."

측대보란 말이 달릴 때 왼쪽 앞발과 뒷발, 오른쪽 앞발과 뒷발을 각각 동시에 같은 방향으로 움직이는 주법이다. 보통 주법에 비해 말의 자세가 안정적이고 달리는 속도도 빨라지며 기수와 말의 피로도 훨씬 덜하다. 다만 어떤 말이든 다 익힐 수는 없으므로 기수에게도 말에게도 상당한 훈련과 소질이 필요하다.

'고기로 삼기에는 아까운데.'

일류 기수인 만큼 기이브는 그렇게 생각했다. 그렇다면 어떻게 할까. 저 말을 잡아다 무언가 식량과 교환하면 된다. 사실 기이브는 며칠 전에 디나르와 드라흠을 아낌없이 지상에 내던져버리는 바람에 수중에는 미스칼 몇 닢밖에 없었다. 페샤와르 성새는 그리 멀지 않을 테지만 그 전에 굶어 죽는다면 참으로 처량하지 않겠는가.

"안장도 고삐도 떼어내고 말을 쉬게 하는 모양이지만,

그렇게 부주의한 짓을 하면 좋지 못한 일을 당하는 법이지."

그렇게 말하며 기이브는 '좋지 못한 일' 을 실행하기 위해 준비를 갖추고 키가 큰 풀숲 속에 숨었다. 바람이 불어가는 방향으로 돌아가 접근했다. 손에는 가죽끈으로 만든 올가미를 들고 있었다.

풀숲 속에서 한동안 때를 기다렸다.

이윽고 풀을 밟는 발굽 소리가 들렸을 때, 기이브는 정확하게 겨냥하고 가죽 올가미를 던졌다.

손에 반응이 있었다. 말이 울부짖어 기이브는 올가미를 당겼다.

'잡았다!'

기이브는 그렇게 생각했다. 하지만 다음 순간 그는 멋들어지게 옆으로 넘어져버렸다. 누군가가 허공에서 올가미를 끊어버렸던 것이다. 기이브는 땅바닥에서 몸을 한 바퀴 굴리고 튀어 일어난 것과 동시에 검을 뽑았다. 검기가 쇄도하는 것을 깨달았기 때문이었다.

"대낮에 당당하게 남의 말을 훔치다니 배짱도 좋구나."

그 목소리가 뚜렷하게 기억에 있었다.

"다륜!"

"기이브였군……."

두 자루의 검은 격돌 직전에 정지했다.

풀숲 속에서 다른 한 사람과 검 한 자루가 나타났다. 그가 노렸던 말이 다륜의 흑마였다면 기이브도 그 사실을 알아차렸을지 모르지만, 파랑기스의 말이었다. 게다가 원래 그녀가 타던 것도 아니었다. 잔데에게 말을 잃었을 때 다른 병사에게서 빼앗은 말이기 때문이다.

"오. 그대도 무사하셨군."

"파랑기스 님이 걱정해주시다니 황송하기 그지없군요."

"그대를 누가 걱정한다고. 천상의 신들을 속이고서라도 살아남을 자인걸. 아르슬란 전하께서는 무사하시겠지? 그렇지 않다면 그대가 더 이상 무사하지 못할 거다."

기이브는 아름다운 협박자에게 어깨를 으쓱하고 두 소년에게 휘파람으로 신호를 보냈다.

이리하여 여섯 명 중 다섯 명이 오랜만에 얼굴을 마주하게 되었다. 그러나 군사라고 해야 할 나르사스가 아직 합류하지 못했다. 기이브가 파랑기스의 말을 훔치려다 실패했다는 우스꽝스러운 우연에 한바탕 웃고 난 후, 아르슬란이 남은 한 사람을 걱정했다.

"나르사스는 무사할까?"

"걱정하지 마십시오. 검술로도 나르사스보다 뛰어난 자는 어지간해서는 찾아볼 수 없습니다."

다륜은 단언했고, 그 말은 사실이었지만 은가면을 생

각하면 불안하기는 했다. 그자는 투란의 왕제나 세리카에서 만났던 두 용사 이래 최강의 적이었다.

다륜의 표정을 본 아르슬란이 결단하고 말했다.

"우리는 여섯이 모여 하나가 아닌가. 이제는 떨어지고 싶지 않다. 나르사스를 찾으러 가자."

"황송하신 말씀입니다……."

왕자의 마음에 감명을 받았지만, 다륜은 고개를 가로저었다.

"하오나 전하께 그러한 위험을 무릅쓰게 하는 것 또한 나르사스의 본의가 아닐 터. 여기 엘람과 제가 그를 찾아내 데리고 돌아가겠으니, 전하께서는 한발 먼저 페샤와르로 가 주십시오."

파랑기스도 기이브도 다륜의 의견에 찬성했으므로 아르슬란도 따를 수밖에 없었다. 자신이 행동해봤자 오히려 방해만 된다는 사실을 왕자는 잘 알았다.

다륜, 엘람과 헤어져 기이브, 파랑기스가 좌우를 호위하는 가운데 동쪽으로 기수를 돌린 아르슬란은 왼쪽, 다시 말해 북쪽에 시커멓게 도사린 한 덩어리의 산지를 보았다.

모양 좋은, 만년설 얹힌 산들에 에워싸여 그 산지만은 기괴할 정도로 험준한 산용山容을 보였으며 어두운 구름에 휩싸여 아르슬란의 눈과 마음에 불길한 인상을 주었다.

“저 산은 무엇이라 하나?”

“저것이 데마반트 산이옵니다, 전하.”

파랑기스가 대답했다.

“저것이 데마반트 산이구나…….”

아르슬란이 숨을 죽였다. 데마반트 산이라면 300년도 더 전에 영웅왕 카이 호스로가 사왕 자하크를 영구히 봉인했다고 전해지는 산이다. 대낮에도 구울이며 시크(반수인半獸人)가 배회하고 늪에서는 장독이 피어나며 바위틈에서는 독연기가 새어나온다. 항상 먹구름이 끼어 여름에는 벼락이 떨어지고 겨울에는 눈보라가 친다. 강풍이 매섭게 불며 낙석이 대지를 치고 독사와 전갈이 득실대는 마의 산지다.

“사왕은 아직도 지상에 돌아올 날을 꿈꾸며 동굴 속 깊은 곳에서 잠들고 있다.”

전설은 그렇게 전해진다. 쩌렁쩌렁 울리는 천둥은 파르스를 저주하는 사왕의 외침이며, 먹구름은 그가 토해내는 숨이라고 한다. 사왕의 사악한 지배를 끝낸 카이 호스로도 사왕 자신을 죽이지는 못했다. 지하 깊은 동굴에 그를 가둔 후 굵은 쇠사슬로 온몸을 묶고, 두 손발의 힘줄을 끊고, 스무 장의 두꺼운 석판을 쌓아 지상으로 가는 길을 끊었다. 여기에 신들의 기도를 담아 자신의 보검을 묻어 봉인으로 삼았던 것이다.

갑자기 기이브가 목소리를 높였다. 유려한 선율이 미성을 싣고 넘실거렸다.

“무쇠마저 가르는 보검 루크나바드는 태양의 조각을 벼려낸 것이며…….”

기이브가 부른 노래는 ‘카이 호스로 무훈시초’의 한 구절이었다.

보검 루크나바드가 사왕 자하크를 봉인하기 위해 묻힌 후 영웅왕 카이 호스로는 행복한 삶을 살지 못했다.

왕으로서는 현명하고 공정했으며 국가는 안정되고 외적은 침입하지 않았으나, 자식들이 등을 돌려버렸던 것이다. 우선 형제끼리 다투었으며, 결국 동생이 형을 죽이고, 동생은 더 나아가 아버지의 왕권을 노렸다. 그리고 과거 사왕 자하크를 물리쳤던 사투의 땅 마잔다란 평원에서 아버지와 자식이 창을 마주하게 되었다.

나이 열여덟에 사왕 자하크를 타도할 군을 일으키고 스물다섯에 전 파르스를 통일해 옥좌의 주인이 되었으며 마흔다섯에 죽은 카이 호스로는 유언에 따라 갑주를 걸친 모습 그대로 흙에 묻혔다. 그때 보검 루크나바드는 데마반트 산에서 파내 영웅왕의 관에 함께 안치되었다고 한다. 보검을 파낼 때는 스무 장의 거대한 석판 너머에서 기분 나쁜 목소리가 울려 퍼지며,

“한 장에 십오 년! 스무 장에 삼백 년!”

이라 말했다——는 전승이 있으나 진위는 알 수 없다.

"검으로 그의 천명을 이을 자 그 누구뇨……."

노래를 마친 기이브가, 무언가에 사로잡힌 것처럼 전설의 산에서 눈길을 떼지 못하는 왕자의 옆얼굴을 바라보았다. 기이브의 시선은 단순한 흥미 이상으로 왕자를 부추기는 것 같기도 했다.

"전하, 그만 가시옵소서. 진들이 소리 높여 경고하고 있나이다. 저 산에 다가가서는 위험하다고."

파랑기스의 말에 꿈에서 깨어난 듯 고개를 끄덕이고 아르슬란은 말을 몰았다.

저물어가는 하늘 아래, 데마반트의 기괴한 산용이 멀어져갔다.

VIII

아드하나 다리는 페샤와르 성새 서쪽으로 8아마지(약 2킬로미터) 정도 떨어진 지점에 걸린 목제 다리이다.

페샤와르로 가려는 군대가 반드시 거쳐야 하는 중요한 다리로, 계곡 상류로도 하류로도 3파르상(약 15킬로미터) 이내에는 다리를 걸 만한 장소가 존재하지 않는다. 그런 다리가 파괴되었다.

다리를 습격해 50명 정도 되는 경비병을 도륙하고 다

리를 끊은 것은 잔데와 그의 부하들이었다.

“꼴좋구나. 이 다리를 끊으면 페샤와르로는 그리 쉽게 가지 못한다. 히르메스 전하께서 돌아오실 때까지 2, 3일은 벌 수 있겠지.”

온몸에 찰과상과 열상을 입은 모습으로 잔데는 껄껄 웃었다. 다륜에게 패배하고 산길에서 굴러떨어진 것이 바로 며칠 전인데도 이미 맹렬한 기세를 회복했다.

생각해 보면 처음부터 다리를 끊고 반대 방향에서 아르슬란 일당을 몰아붙였으면 됐을 것을. 페샤와르 방향으로 몰아붙여도 별로 의미는 없는데도. 뒤늦게나마 잔데는 겨우 그 사실을 깨달았던 것이다. 히르메스야말로 경솔했다고 말할 수도 있겠지만, 열한 살에 조국을 탈출했던 히르메스는 동방국경 일대의 지리에는 밝지 못했다.

아드하나 다리가 돌로 만들어졌다면 이를 끊어버리기란 매우 어려웠을 것이다. 나무다리를 돌다리로 바꾸자는 제안은 10년도 더 전부터 있었으나 그동안은 다리를 쓸 수 없다는 이유도 있고 해서 계속 미뤄졌다. 그러다 결국 잔데의 손에 끊기고 말았던 것이다.

아드하나 다리가 끊어졌다는 소식은 당연히 페샤와르 성의 키슈바드를 격노케 했다.

“끊어진 것은 어쩔 수 없다. 즉시 부교浮橋를 가설하라.”

내뱉듯 명령했다. 다소 언짢아한 이유는, 바흐만이 요즘 들어 갑자기 생기를 잃고 만사를 키슈바드에게 떠넘기는 경향이 생겼기 때문이었다. 애초에 다리 경비도 매달 교대로 이루어졌으며 12월은 바흐만의 담당이었다. 왜 넋을 놓고 있느냐고, 정신 차리라고 고함을 질러주고 싶었으나 아버지뻘 되는 선배에게 그런 말을 할 수는 없었다.

말을 못하는 대신 행동을 했다. 부교를 가설하는 공사도, 공사 경비도, 인근 정찰도 그의 지휘에 따라 이루어졌다.

그리고 정찰 결과는 그날 태양이 기울기 전에 도달했다. 자신의 독단으로 처리할 수는 없다고 판단한 키슈바드는 바흐만에게 찾아갔다.

"들으셨습니까, 바흐만 장군."

"으음……."

"서쪽 산지가 아무래도 소란스러운 모양입니다. 갑주를 걸친 자칼들이 연신 얼쩡거리며 여행하는 양민들을 해치고 있다 합니다. 목적은 날치기 강도가 아니라 아르슬란 전하의 목숨일 것입니다."

"……."

"만일 그렇다면 저희도 무언가 방책을 강구해야 하지 않겠습니까."

"그렇겠지. 물론 놈들의 목적은 아르슬란 왕태자 전하겠지."

"그 외에는 생각할 수 없겠지요. 바흐만 장군의 현명하신 판단에 감복하였습니다."

키슈바드는 비아냥거렸지만 바흐만의 반응은 둔중했다. 돌난로에 피어나는 불꽃을 넋 나간 것처럼 지켜본다.

"그러면 바흐만 장군의 재가를 얻어 수배를 하겠습니다."

"……무슨 수배 말인가?"

"제 휘하 1만 기병 중 절반을 성 밖으로 보내 전하를 찾겠습니다. 100기씩 50조를 모든 산길에 풀어 봉화로 부대 간에 연락을 취하고, 무사히 아르슬란 전하를 이 성으로 맞이하고자 합니다. 그래도 괜찮으시겠지요?"

바흐만이 대답을 망설이는 사이에 키슈바드는 냉큼 부하의 무장과 편성을 추진했으나, 이튿날 아침 출발 직전에 다른 급보가 날아들었다.

이웃 신두라의 군대가 느닷없이 국경 카베리 강을 넘어 침입을 개시했다는 것이었다.

"이런 시기에!"

키슈바드는 혀를 찼다. 이제야 왕태자의 소재를 알 수 있을 것 같은데, 생각지도 못한 방해가 들어왔다.

하지만 결단도 행동도 신속했다. 바흐만에게 페샤와르

성의 수비를 부탁하고 부하들 중 5천 기를 이끌어 카베리 강의 기슭으로 달려갔다.

'아마 신두라에 쓸데없는 지식을 흘려준 자가 있겠지. 파르스 국내가 어지러우니 침공하려면 지금이 기회라고. 신두라는 반신반의하며 어느 정도 병력을 투입해 분위기를 떠볼 생각일 터. 한번 붙어 혼쭐을 내주어서 국경 밖으로 쫓아낼 수밖에 없다.'

그런 판단에서 비롯된 행동이었다.

강을 건너 침입한 신두라 군은 기병과 보병을 합쳐 5천 정도였다. 신두라가 자랑하는 전투코끼리 부대가 없다는 사실이 키슈바드의 판단이 옳았음을 증명해주었다. 아직 신두라는 진심으로 침공할 생각이 아닌 것이다.

강기슭의 야트막한 언덕 위에 5천 기를 정렬시킨 키슈바드는 잘 울리는 목소리로 적군을 향해 외쳤다.

"파르스의 마르즈반 키슈바드다. 너희 신두라의 검은 개들은 초대한 적이 없거늘 무엇 때문에 우리나라의 국경을 침범하였느냐?"

대답은 말로는 얻지 못했다. 창을 든 기병의 무리 속에서 두 사람이 키슈바드의 앞으로 달려나와 좌우로 동시에 달려든 것이다.

키슈바드는 두 손을 좌우 어깨로 돌려 등에 짊어진 두 자루의 검을 뽑았다. 보통 검보다 조금 짧은 검이었다.

이만큼 변화무쌍한 검술을 본 것은 신두라 병사들에게는 처음 있는 일이었으리라.

두 줄기 검광이 두 죽음을 낳은 것이다.

두 명의 신두라 창기병은 자신들이 내지른 창날이 허공으로 튕겨나가는 것을 보았다. 그리고 다음 순간에는 동료의 목이 베여 허공에 피의 궤적을 그리는 모습을 보았다.

"어제까지는 몰랐으렷다. 오늘부터는 잊지 마라. 파르스에 타히르 키슈바드가 있다는 사실을!"

호언장담을 한 키슈바드는 그대로 피에 젖은 쌍검을 들고 돌진을 계속했다. 두 다리로 말의 몸을 붙든 채 그것만으로 말을 조종하는 것이다. 기수로서의 기량도 놀라울 만했다.

"타히르를 따라라!"

5천 기의 파르스군은 함성을 지르며 앞을 다투어 적진을 향해 질주했다.

8만 기가 아트로파테네 평원에 전개했을 때와는 비교도 안 되겠지만 5천 파르스 기병의 돌진은 땅을 흔들고, 갑주는 햇빛 아래에서 번쩍이는 파도가 되었다.

선두에는 항상 키슈바드가 있었다. 두 자루의 검을 좌로 우로 내리치고 번뜩이면 신두라 병사의 투구 쓴 머리가 허공에 춤추고 기수를 잃은 말은 안장을 인혈로 물들인 채 모래먼지와 물보라가 뒤섞인 곳을 미친 듯이 달려 나갔다.

키슈바드의 기수가 돌아가면 그 방향에 있던 신두라 병사는 당황해서 쌍검의 먹이가 되지 않으려고 피했다.

현란하기 그지없는 원색 군장을 온몸에 걸친 신두라의 장군 하나가 다부진 말에 걸터앉아 키슈바드의 앞을 가로막았다. 신두라 어로 고함을 질러댄다.

"파르스 어로 지껄여라!"

키슈바드가 되받아쳤다. 과거 서방국경을 지켰을 때에는 미스르 어를 배웠으나 아직 신두라 어는 말하는 것도 듣는 것도 어려웠다.

파르스 어는 대륙공로의 공용어다. 신두라의 장군 정도 되면 말하지 못할 자는 없다.

"나의 이름은 다라바다라고 한다. 신두라의 부대 하나를 맡은 자로서 그대와 1대 1로 승패를 겨루고 싶다. 어떠냐."

"그건 상관없다만, 한마디만 물어보지. 너의 주군은 어느 왕자냐. 라젠드라냐, 가데비냐."

신두라의 장군은 배와 수염을 흔들며 웃었다.

"라젠드라 따위 노예년의 배에서 태어난 개일 뿐. 적자는 가데비 님이시지. 그분이야말로 우리나라의 다음 옥좌에 앉으실 분이다."

"그렇군. 잘 알았다. 네놈의 볼썽사나운 수염 달린 목은 소금에 절이든가 해서 가데비 앞으로 보내주면 되겠구나."

"헛소리!"

다라바다가 대도를 칼집에서 뽑았다. 신두라의 명물 시클론(여름 폭풍)과도 같은 무시무시한 참격이 키슈바드에게 짓쳐들었다.

그러나 다음 순간 다라바다의 투구 쓴 머리와 대도를 붙든 오른팔이 동시에 몸통을 떠나 피의 꼬리를 끌며 서로 다른 방향으로 날아가 버렸다.

목과 오른팔을 잃은 몸통이 허공에 피를 뿜으며 땅에 나뒹굴었다. 신두라 병사들은 놀라움과 공포에 질려 고함을 질렀다.

기병들은 기수를 돌리고 보병들은 발을 돌려 잇달아 도망치기 시작했다.

대열을 무너뜨리고 도망치는 적군을 싸늘하게 지켜보던 키슈바드가 날카롭게 휘파람을 불자 아즈라일이 패군의 머리 위를 가르듯 날개를 치며 지나갔다.

이윽고 매에게 쫓겨 신두라 병사 한 명이 키슈바드 쪽으로 굴러왔다. 신두라 어를 알아듣는 장교를 불러다 몇 가지 심문을 시켰다. 자신이 알고 있는 모든 것을 다 털어놓은 신두라 병사는 땅바닥에 꿇어 엎드려 목숨을 살려달라고 애걸했다.

"너를 죽여봤자 이득 될 것도 없다. 목숨은 살려주마. 그러니 가데비에게 돌아가 전해라. 두 번 다시 우리나라의 국경을 침략하지 말라고. 그랬다간 영원히 왕이 될 수 없을 거라고."

키슈바드는 부하를 불러다 다라바다 장군의 머리를 들고 오도록 했다. 다라바다의 군장 일부를 잘라내 머리를 감싸고 이를 병사의 목에 걸어주었다.

무겁고 섬뜩한 선물을 목에 건 신두라 병사는 비틀거리면서도 열심히, 도망쳐버린 아군의 뒤를 따라갔다.

우선 전투의 목적은 달성했다. 삼삼오오 카베리 강을 건너 도망치는 적군을 키슈바드는 말 위에서 바라보았다.

"아즈라일! 아즈라일!"

주인의 목소리에 호응해 용감하고 충실한 매가 하늘을 날아 내려왔다. 쌍검을 등의 칼집에 꽂고 팔을 들어 매를 앉힌 키슈바드가 말했다.

"아즈라일, 너도 알겠지. 우리의 왕태자 아르슬란 전하께서 성 근처에 계실지도 모른다. 찾아보고, 경우에 따라서는 지켜드리거라."

현명함이 느껴지는 눈동자로 주인을 바라보더니 매는 힘차게 날갯짓을 해, 눈동자 속까지 물들 만큼 푸른 하늘로 날아올랐다.

제5장 두 왕자

I

은가면 경, 즉 히르메스가 왕도에서 돌아와 다시 아르슬란 추적 총지휘를 맡게 된 것은 12월이 중순으로 접어든 후였다.

그것은 잔데가 아드바나 다리를 끊은 다음 날이었으며, 키슈바드가 신두라군을 강 건너편으로 쫓아낸 당일이기도 했다.

히르메스가 이때 자신의 휘하에 거두었던 병사들은 잔데가 이끄는 파르스 병사, 샤흐르다란 후다이르의 옛 부하, 아르슬란의 목에 걸린 상금을 노리는 잡다한 사병 집단, 여기에 기스카르 공작이 빌려준 루시타니아 병사 등 인원만으로는 5천을 헤아렸다. 그러나 물론 서로 협조를 하지 않고 공을 다투기만 할 뿐이며 연락도 제대로 취하지를 않았다.

그래서 어떤 부대가 아르슬란 일행을 쫓다가 놓친 후에는 그 사실이 다른 부대에 통보되는 일도 없었다. 불찰의 연속이 아르슬란 일행에게는 행운이 된 셈이다.

그래도 5천 명이라는 인원이 산속을 서성거리면 아르슬란 일행도 이를 피해 행동할 수밖에 없다. 기이브도 파랑기스도 이제는 화살이 부족해지는 바람에 함부로 활을 쏠 수 없어, 적을 보면 우선 도망치기로 했다. 그렇게 되면 말이 지친다. 도저히 안락하다고는 할 수 없는 며칠이 이어졌다.

왕도에서 돌아와 사태가 전혀 진전을 보이지 않았음을 알았을 때 히르메스의 기분은 매우 복잡했다. 부하들을 무능하다고 욕해주고 싶은 기분이 들기는 했지만, 한편으로는 아르슬란 일행을 자기 자신의 손으로 사로잡아 땅바닥에 무릎 꿇리고 싶다는 생각도 있었기 때문이다.

"잔데. 그건 그렇다 쳐도 몰골이 말이 아니구나. 그대의 고생이 가히 짐작이 간다."

히르메스의 말은 비아냥거림이 섞이기는 했으나 거짓말도 아니었다.

잔데는 얼굴에도 두 손에도 작은 상처가 무수했으며 몸 곳곳에 피가 말라붙어 있었다.

"히르메스 전하를 위해서라면 온몸의 피부를 모두 벗

겨낸다 한들 아무렇지도 않사옵니다. 그보다도 전하, 아르슬란 일당 중 책사 나르사스 놈을 어제저녁에 발견하여 계속 지켜보고 있사온대, 전하께서 직접 응징하심이 어떠신지요."

히르메스는 잔데를 다소 다시 보게 되었다. 이 젊은이는 정보도 확실하고 의외로 척후나 첩자를 사용하는 데에 능한 모양이었다.

'뭐, 그 정도 장점도 없다면 아무리 칼란의 아들이라 한들 무조건 중용할 수는 없지.'

언젠가 삼이 완전히 회복되면 그에게 군사를 맡기도록 하자. 지혜도 분별도 있는 자이니까. 잔데도 요령을 부리지 않고 열심히 일하니, 경험을 쌓아 성장하면 죽은 아버지를 능가하는 맹장이 될 것이다.

"좋아. 우선 나르사스 놈을 정리해주지."

히르메스가 강하게 말했다.

나르사스와 알프리드는 각자 말을 몰아 산길을 달려나가고 있었다. 나르사스는 상당히 오랫동안 말이 없었으며 동행자가 말을 걸어도 대답조차 하지 않았다. 연신 무언가를 생각하는 모양이었다.

나르사스도 소소한 계산 착오는 얼마든지 한다.

이미 오래전에 페샤와르 성새에 도착했어야 하는데도 아직 그 부근의 산속을 헤매고 있다. 터무니없는 곳에서 그를 찾던 적들과 딱 마주치는 바람에 황급히 도망치는 일이 벌써 몇 번이었던가.

적의 움직임이 무질서하고 통일되지 않은 만큼 오히려 나르사스가 계산하기 어려웠다. 이것은 정말로 아이러니한 결과라고밖에 할 수 없었다. 적의 움직임이 통일되었다면 나르사스도 움직임을 읽기 어렵지 않았겠지만.

"저기, 나르사스. 어쩐지 이상하다는 생각 안 들어?"

그렇게 말한 것은 나르사스에게 가장 큰 계산 착오라 해야 할 인물이었다. 조트족장의 딸이었다.

"뭐가 이상한가?"

"아까부터 같은 길을 빙글빙글 맴도는 기분이 드는데. 저기 봐. 저 못생긴 바위는 분명 아까 봤어. 이 각도에서 보면 낙타가 하품을 하는 것처럼 보이거든."

"용케 알아차렸군."

소녀의 표현에 자기도 모르게 웃으면서 나르사스는 고개를 끄덕였다. 물론 그는 이미 그 사실을 알고 있었다. 알고 있었으나, 어떻게 해야 좋을까 하는 고민이 그를 침묵케 했다.

길 위로 절벽의 그림자가 드리워지고 그곳에 기마의 그림자도 드리워졌다. 머리 위를 올려다보면 나르사스 일행을 에워싸는 듯한 기사들의 움직임이 언뜻언뜻 보였다.

'이거 쉽게는 도망치지 못하겠는걸.'

나르사스는 각오를 했다. 물론 다른 사람도 아닌 나르사스인 만큼 무력에만 의존하여 위기를 벗어나겠다는 생각은 하지 않았다.

전방의, 산길이 크게 탁 트인 곳에 50기쯤 되는 인마가 모여 있었다. 그 선두에 선 것은 별로 환영하고 싶지 않은 상대였다. 다름 아닌 은가면이었다. 냉큼 기수를 돌려 도망치고 싶었으나 후방에서도 적이 접근하고 있음은 돌아보지 않고도 알 수 있었다. 정면대결할 수밖에 없다.

피아간의 거리가 20가즈(약 20미터) 정도가 되었을 때 나르사스가 기선을 제압했다.

"히르메스 왕자!"

나르사스의 입에서 그 이름이 튀어나와 팔맷돌처럼 은가면을 후려쳤다.

"……어떻게 알았나?"

자신이 히르메스임을 부정하면 그의 인생 그 자체를 부정하는 셈이다. 그러므로 히르메스는 시치미를 뗄 수가 없었다. 그것이 나르사스의 노림수였다. 그는 그 사실을 비집고 들어가 설전으로 시간을 벌어야 했던 것이다. 그건 그렇다 쳐도 나르사스는 설마 했던 의혹이 사실이었음을 깨달은 만큼 겉보기만큼 태연할 수는 없었다.

나르사스의 마음을 읽을 리 없어 히르메스는 말을 타고 두세 걸음 다가왔다.

"좋다. 어쨌든 이렇게 된 이상 이야기가 편해지겠군. 나르사스, 그대의 지모는 일국에서 으뜸간다 들었다. 아르슬란을 버리고 나의 부하가 되어라. 그렇게 되면 중히 임용해주마."

"중하다면, 어떤 식인지?"

"마르즈반이든 디비르(궁정서기관)든, 혹은 프라마타르든……."

그 말을 듣고 나르사스는 소리 높여 웃었다. 이 웃음은 꼭 연기만은 아니었다.

"뭐가 우습나!"

히르메스는 웃음을 사는 것을 싫어했다. 은가면의 두 눈이 작열하는 기운을 발했다.

"이거 실례했소이다."

나르사스는 사과했지만 성의는 별로 없었다.

"……뭐, 좋다. 어떠냐. 나를 섬길 마음이 있나?"

"반가운 제의지만 거절할까 합니다."

"호오, 왜지?"

"한번 은둔생활을 버린 이상 기량이 뛰어난 주군을 기

다리는 것이 평생의 소원. 이미 나에게는 그것이 있는데, 호락호락 버릴 마음은 유감스럽게도 전혀 없사온지라."

"네놈. 나의 기량이 안드라고라스의 자식놈보다 못하단 말이냐."

긍지에 호된 상처를 입고 히르메스의 목소리가 폭풍을 머금었다.

"당신이 히르메스 왕자라면 다륜과는 동갑이고 나보다는 한 살 많겠지. 그리고 아르슬란 전하와는 열세 살 차이……."

나르사스는 한 마디 한 마디 싸늘한 어조로 대답했다.

"그럼에도 아르슬란 전하의 기량은 이미 당신을 능가했소이다. 앞으로 장래에 아르슬란 전하께서 성장함에 따라 차이는 더더욱 벌어지기만 할 거요!"

은가면 전체가 노기로 번뜩이는 것처럼 보였다. 오른손을 장검 자루에 가져다 댔지만 당장은 발검하지 않았다.

나르사스는 더더욱 논쟁을 걸었다. 조금이라도 시간을 끌어 아군이 찾아오기를, 그리고 적이 방심하기를 기다려야만 했다.

"당신은 왕위를 회복하기 위해 루시타니아인과 손을 잡았소. 루시타니아인이 마르얌에서 무슨 짓을 저질렀는지, 파르스에서 무슨 짓을 저질렀는지 당신은 잘 알 텐데. 설령 당신이 파르스의 정통한 지배자라 해도 파르스의 백성에게 그러한 짓이 허용된다고 생각하시오?"

"파르스의 백성이 어쨌다고? 놈들은 16년에 걸쳐 정통이 아닌 왕을 섬기지 않았더냐. 찬탈자를 샤오라 떠받들지 않았더냐! 그런 것들의 죄를 정통한 왕인 내가 바로잡는 것이 당연하지 않나!"

말꼬리가 분화와도 같은 노기에 떨리고 있었다.

"아, 이해했소. 당신을 샤오로 인정하지 않는 한 파르스 백성들에게는 살아갈 권리조차 없다는 그런 소리로군."

나르사스는 혀를 찼다.

아마도 아버지가 죽은 후로 16년 동안 히르메스는 자신이 정통한 샤오라는 생각을 삶의 지지대로 삼았을 것이다. 자신이 왕위에 오르는 것이야말로 정의라 믿어 의심치 않는 것이 분명하다. 숙부인 안드라고라스 왕에 대한 증오가 그의 인생을 꿰뚫고 있다.

"한 가지 더 내 마음에 들지 않는 점."

나르사스는 다시 설전을 이어나갔다.

"아르슬란 전하는 나에게 부하가 되어달라고 부탁하셨소. 한데 당신은 다짜고짜 명령하셨지. 나처럼 비뚤어진 자에게는 매우 마음에 들지 않소."

사실이며, 본심이었다. 그러나 물론 이러한 때에 꺼낼 만한 이야기는 아니었다. 히르메스는 냉소하고 검을 뽑으면 그만인데도 여기까지 오면서 이미 나르사스의 책략에 빠져버리고 말았다. 자신의 정당성을 주장하지 않고서는 견딜 수 없는 그런 심리 상태였다.

"나는 오스로에스 5세의 아들이다. 파르스의 정통한 왕이자 네놈들의 위에 설 사람이다. 명령을 하는 것이 뭐가 잘못이냐."

"내 나르사스는 너 같은 놈의 부하가 되진 않아!"

그때까지 침묵하던 알프리드가 외쳤다. 그 말에 나르사스는 살짝 비틀거렸지만 히르메스가 파고들 틈을 주지는 않았다.

"호오, 다이람의 옛 영주께서는 고귀한 샤흐르다란이면서 비천한 도적 아가씨가 취향이신가?"

처음으로 냉소가 독기를 실어다 날랐다.

그러나 나르사스는 표정 하나 바꾸지 않았다. 오히려 알프리드가 놀랐다. 눈을 크게 뜨고 나르사스를 바라보았다.

"나르사스, 당신 귀족님이었어?!"

"우리 어머니는 아자트셨지. 그대와 같은. 놀랄 것도 없어. 바스푸흐란(왕족)이니 바주르간이라 해서 뿔이나 꼬리가 달린 것도 아니니……."

씁쓸하게 말하는 사이에 나르사스는 회복하고 있었다. 아무튼 히르메스에게 마음의 여유를 주어서는 안 된다.

"물론 저분이야 어떤지 알 수 없지만 말이야. 저런 가면을 뒤집어쓰고 있는 건 외눈박이이거나 세눈박이임을 감추기 위해서일지도 모르니."

"왕후에게는 행동에 그만한 이유가 있는 법이다. 네놈 따위는 이해하지 못할 것이다."

"비겁해서겠지."

"뭐야!"

"가면으로 얼굴을 감춘 채 루시타니아인의 앞잡이가 되고 가면을 벗은 후에는 해방자를 가장해 파르스의 샤오를 참칭하려는, 왕의 지혜가 아닌 간계일 뿐이오. 마땅히 부끄러워해야 하지 않소?"

본심을 찔려 히르메스는 가면 안에서 얼굴을 뻣뻣하게 굳혔다. 그가 루시타니아군을 파르스 국내에 끌어들이고 그동안 가면으로 얼굴을 감춰왔던 이유를 한마디로 맞춰버렸던 것이다. 동요했다.

"네놈이 감히 정통한 샤오를 능멸하느냐."

히르메스는 최후의 보루에 기대 신음했다. 두 눈에서는 똑바로 쳐다보기도 힘든 빛이 넘쳐났다.

"정통이니 이단이니, 그딴 거야 아무려면 어떻소."

나르사스는 되받아쳤다. 절반은 독설에 독설로 받아치는 꼴이라 해야 하리라. 알프리드가 놀랄 만큼 어조에 힘이 들어갔다.

"설령 파르스 왕가의 피를 잇지 않은 자라 해도 선정

을 베풀어 백성의 지지를 얻는다면 어엿한 샤오. 그 외에 무슨 자격이 필요하단 말이오."

"닥쳐라!"

히르메스는 나직하게, 그러나 날카롭게 외쳤다.

"파르스를 통치할 자는 영웅왕 카이 호스로의 자손이어야만 한다. 네놈은 이조차 부정한단 말이냐."

"카이 호스로 왕 이전에 파르스를 통치했던 자는 사왕 자하크였소. 그리고 그보다도 전에는 성현왕 잠시드. 카이 호스로는 그들 중 누구의 피도 잇지 않았소만?"

겨울바람이 침묵을 함박눈처럼 가져다주었다.

'여기까지겠군.'

나르사스는 생각했다. 원래부터 합의가 성립될 리도 없었지만, 이야기를 나누면 나눌수록 서로의 거리는 멀어지기만 했다.

"제법 오래 헛소리를 들었다만, 잘 알았다. 나르사스 네놈은 파르스의 전통과 왕위를 파괴하고자 획책하는 불순한 무뢰배로구나. 지략이 아쉬워 네놈을 신하로 삼고자 생각했던 내가 정신이 나갔던 모양이다."

"나르사스, 조심해……!"

알프리드가 속삭였다. 은가면이 발하는 무시무시한 살기를 느낀 것이다.

나르사스도 설전을 펼쳐 여태껏 귀중한 시간을 벌었으

니 만족해야만 했다.

그건 그렇다 쳐도 이렇게까지 극단적으로 의견이 엇갈리니 오히려 상쾌할 정도였다. 목숨이 있는 한 히르메스 왕자와는 대립해야만 할 것 같다. 그렇다면 나르사스는 본격적으로 아르슬란에게 충성을 다하고 소년이 선왕으로 성장하도록 힘을 보태주어야만 한다. 이것은 제법 재미난 인생의 재출발이 아닌가. 적어도 지루하지는 않을 것 같다!

히르메스의 장검이 무지갯빛 빛살을 뿜어냈다.

"너희는 손대지 마라. 이놈의 목과 혀는 내 손으로 베어주겠다."

"뜻대로 하시옵소서, 전하."

거구를 흔들며 외친 것은 잔데였지만 그의 이름은 나르사스가 알 수 없었다.

"불초하나마 전하를 상대하겠소……."

나르사스도 장검을 칼집에서 뽑았다.

"한데, 거기 있는 덩치."

잔데를 가리키는 말이었다. 그가 발끈하여 무언가 되받아치려 하자 시치미를 뚝 떼고 말을 이었다.

"전하의 명령에 한 가지만 덧붙이지. 네놈도 파르스 기사인 이상 여자에게는 손을 대지 마라. 이건 샤오의 명예가 달린 일이니."

"지껄이는 대로 해주어라. 마지막 소원이라지 않느냐."

조소와 함께 그렇게 명령하고 히르메스는 말의 배를 걷어차 인마일체가 되어 나르사스에게 돌진했다.

"죽어라, 나르사스!"

그 순간 나르사스의 검이 강렬한 햇살을 반사시켜 히르메스의 두 눈에 쏘아보냈다.

눈앞이 아찔해졌다.

"앗……!"

히르메스의 장검은 멋지게 허공을 베었다.

즉시 뻗어나간 나르사스의 검이 말고삐를 갈랐다. 아무리 뛰어난 기수라 해도 어쩔 도리가 없다. 히르메스는 말 위에서 굴러떨어져 모래밭에 나뒹굴었다. 벌떡 일어나며 태세를 가다듬고 검을 휘두른 것은 대단하다 해야겠지만 아직 두 눈은 시력을 회복하지 못했다.

"나르사스, 네놈! 정정당당하게 싸우려는 것 아니었더냐!"

"정통한 샤오께 들이댈 검은 배우지 않았소이다."

통렬한 한마디를 내던졌다. 애초에 나르사스는 1대 1로 싸울 마음이 전혀 없었던 것이다.

"도망치자, 알프리드!"

소리쳤을 때 이미 그의 말은 질주를 시작하고 있었다. 알프리드가 그 뒤를 따랐다. 쫓아와서 검을 내리치려던 병사는 나르사스가 몸을 돌리며 던진 단검을 안면으로 받아 말 위에서 공중제비를 돌았다.

혼란과 노성과 모래먼지가 도망자의 발길 뒤에 남았다.

II

'이런 주제에 무슨 책사람.'

그렇게 생각한 나르사스는 말 위에서 쓴웃음을 지었다. 정말로 그가 책사라면 그럴 때 조금 더 자신의 본심을 감추지 않았을까.

상대가 샤오가 됐든 왕자가 됐든, 하고 싶은 말은 해야만 했다. 미움을 사더라도, 나중에 난처한 일이 생기더라도. 그것이 나르사스의 본성이었다.

문득 어떤 사실을 깨달은 나르사스는 조트족장의 딸을 돌아보았다.

"알프리드, 잠깐 할 말이 있다. 은가면의 본명이 히르메스라는 사실과 그가 무엇을 이야기했는지, 이 두 가지는 절대 남에게 말하지 말아다오."

말 위에서 몇 번이나 뒤를 돌아보며 안전을 확인하던 알프리드는 나르사스의 말에 크게 고개를 끄덕거렸다.

"알았어. 나르사스가 그렇게 하라면 아무에게도 말하지 않을게. 약속해."

"조트족의 명예를 걸고?"

"조트족의 명예를 걸고!"

진지하기 그지없는 태도로 대답하고 소녀는 키득 웃었다. 나르사스에 대한 전면적인 신뢰와 친애가 담겨 있었다.

"나르사스, 우리 둘만의 비밀이 생겼구나."

심각해져버린 나르사스를 웃기려고 한 말이었으나 그는 슬쩍 쓴웃음을 지었을 뿐 별다른 반응을 보이지는 않았다.

뒤에서 말발굽 울리는 소리가 다가왔다.

나르사스는 표정을 다잡았다. 히르메스의 추격대임은 보지 않아도 알 수 있다. 따라잡힌다면 이제는 책략도 설전도 통하지 않는다. 히르메스와 1대 1이라면 그리 꿀리지는 않으리라 생각하지만 이쪽에는 알프리드가 있고 적은 수가 많다. 두 사람은 속도를 더욱 높였다.

"나르사스가 저기 있다!"

추격대의 선두에 있던 기사가 소리를 지르며, 낭떠러지 가장자리로 돌아가려는 나르사스 일행의 모습을 가리켰다. 추격대는 함성을 지르며 한 손으로 검을 뽑고 낭떠러지를 따라 달려왔다.

그 순간.

바람 가르는 소리와 함께 날아든 까만 깃털 달린 화살

이 선두에 선 기사의 몸통을 꿰뚫으며 안장에서 날려버렸다.

무시무시한 강궁이었다. 잇달아 날아든 세 자루의 화살이 세 명의 기사를 즉사시켜 땅바닥에 내팽개쳤다. 화살이 깃털 달린 곳까지 박히는 기세였다.

당황하고 겁을 먹어 퇴각하는 추격대를 바라보며, 활을 손에 든 흑의기사가 뒤를 돌아보고 대담하게 웃었다. 나르사스를 찾던 다륜이었다.

"나르사스, 빚 하나 진 걸세."

"아슬아슬할 때 와 놓고는 잘난 척하지 말아주었으면 좋겠군."

나르사스는 되받아쳤으나, 역시 숨이 살짝 가빴던 것은 어쩔 수 없었다.

"나르사스 님, 무사하셔서 다행입니다."

엘람은 솔직하게 기쁨을 드러냈다.

활을 안장에 걸어놓고 돌아온 다륜이 알프리드에게 관심 어린 시선을 보냈다.

"한데 나르사스, 이쪽의 여성분은?"

당연한 질문이었으나 나르사스는 약간 당황했다. 자, 이걸 어떻게 설명해야 한다.

"아니, 그러니까 이건……."

"난 알프리드. 나르사스의 아내야."

너무나도 의외의 자기소개에 놀란 시선이 나르사스를 향했다.

"아니야!"

나르사스는 외쳤다. 그 모습을 장난스럽게 쳐다보던 알프리드가 새침하게 말을 이었다.

"응. 사실은 정식으로 결혼하지는 않았어. 그러니까 사실은 그냥 정부일 뿐."

"정부?!"

"나르사스 님……."

다륜과 엘람이 빤히 쳐다보자 나르사스는 그답지 않게 발끈하기 직전까지 갔다.

"아니, 아니야. 나는 아무것도 하지 않았어. 아내니 정부니, 이 아가씨가 멋대로 떠들어대는 것뿐이라고."

"자네, 어지간히 당황하고 있지 않나."

"다, 당황하기는 누가 당황했다는 겐가. 이 아가씨는 조트족장의 딸로, 그 은가면에게 목숨을 잃을 뻔해 구해주었네. 인연이라면 그저 그뿐이지."

"나르사스, 뭘 굳이 감추고 그래."

알프리드가 사태에 기름을 부었다.

"쓸데없는 소리 하지 마라. 정말로 아무것도 하지 않았네. 옆방에서 잤을 뿐이지. 켕기는 일은 하나도 없었어."

발끈해서 변명하는 나르사스를 다륜은 한동안 빤히 바

라보았으나, 폭소를 꾹 참는 표정으로 헛기침을 했다.

"뭐…… 이미 저지른 일은 둘째 치고서 말인데, 나르사스……."

"그게 무슨 뜻인가?! 내가 뭘 저질렀다고!"

"알았네. 아무튼 앞일을 이야기하지. 자네는 이 아가씨를 페샤와르 성으로 데려갈 생각인가?"

다륜이 더 냉정했다. 나르사스는 조금 머리를 식힐 수 있었다.

"그래, 깜빡했군. 알프리드, 그대는 조트족장의 딸이니 돌아가신 부친을 대신해 일족을 지휘해야 하지 않을까? 일단 일족에게 돌아가는 게 어떨까?"

나르사스의 목소리와 표정에는 노골적인 기대가 어려 있었으나 알프리드는 시치미를 뚝 떼고 고운 손을 내저었다.

"아, 그건 걱정할 필요 없어. 나한테는 오빠가 있거든. 어머니는 다르지만. 말도 마, 좋은 머리랑 나쁜 성격을 겸비했다니까. 돌아가봤자 싸우고 뛰쳐나오거나 쫓겨나거나 둘 중 하나야. 그러니 걱정할 것 없어."

"걱정 좀 하게 해주면 안 될까?"

나르사스는 끙끙거렸지만, 문득 시선을 돌렸다가 흠칫 놀랐다.

엘람이 말없이, 냉큼 자기 혼자 말의 속도를 높여 걸

어가버리고 있었기 때문이다.

"얘, 엘람……."

나르사스가 말을 걸자 몸종 소년은 공연히 냉담한 눈빛으로 돌아보았다.

"다륜 님, 서두르시지요. 추격대도 금방 다시 올 테고, 아르슬란 전하께서 분명 기다리실 겁니다."

철저하게 주인을 무시하며 말하더니, 다시 냉큼 말을 몰아 달려가버렸다.

하룻밤이 지나 다음 날. 다륜, 나르사스를 비롯한 네 사람은 겨우 아르슬란 일행과 합류할 수 있었다.

"나르사스, 나르사스. 무사히 돌아와 주어 다행이다. 정말 다행이야."

아르슬란 왕자는 말 위에서 손을 뻗어 옛 다이람 영주의 손을 잡았다. 나르사스도 솔직하게 감정이 고양되는 것을 느끼며 진심을 담아 인사했다.

"전하께 심려를 끼쳐드려 송구스럽습니다. 뭐, 약속하신 대로 궁정화가로 삼아주시기 전까지는 그리 호락호락 죽지는 않을 터이니 안심하십시오."

그 말에 다륜이 반쯤 웃고 반쯤 헛기침을 했다.

알프리드도 왕자에게 소개할 때는 얌전했다. 일국의

왕자를 앞에 두고 그녀 나름대로 긴장한 모양이었다.

"소녀도 전하를 섬기며 국가를 위해 일하겠나이다."

이런 소리까지 했을 지경이었다. 물론 아르슬란을 적대하는 은가면은 그녀에게 아버지의 원수이기도 하고, 그녀가 루시타니아인을 증오한다는 것은 거짓말이 아니다.

"그렇군. 그러면 지금 당장은 변변한 사례를 할 수 없네만, 원하는 대로 하게."

아르슬란은 그렇게 말해 알프리드의 전선 참가를 인정했다.

좋은 왕자라고 나르사스는 생각했다. 이 다정한 마음씀씀이를 언제까지고 유지해 주었으면 했다.

만일 아르슬란이 히르메스처럼 백성보다도 국가를, 국가보다도 왕위를 중시하는 지배자가 된다면 파르스인은 구제받을 길이 없다. 히르메스의 분노, 증오, 복수심은 아마 당연한 것일 테고 그 점은 동정할 수도 있다. 그러나 그의 복수심을 만족시키기 위해 다른 모든 것이 희생되어도 좋다는 뜻은 아니다.

'그건 그렇고 안드라고라스 왕도 죄 많은 사람이군. 타흐미네 왕비 한 사람을 얻기 위해 얼마나 많은 것을 잃고 상처 입혔는지. 자업자득이라고 하면 자업자득이지만…….'

나르사스도 사실 자신의 선택에 완벽한 자신감을 가진 것이 아니었다. 은가면의 정체를 아르슬란에게도, 다륜에게도 밝히지 않은 것이 잘한 일인지 어떤지.

이 왕자가 자신의 출생에 관한 비밀을 알았을 때, 어떻게 될까. 어느샌가 나르사스는 단순히 앞날을 예측해 보는 것만이 아니라 아르슬란의 걱정까지 하고 있었다.

일동은 마침내 동쪽으로 페샤와르 성이 내다보이는 곳까지 도착했다. 바위산과 나무가 듬성듬성한 숲 저편에 붉은 사암으로 지은 성벽과 탑이 보였다. 거리는 8아마지(약 2킬로미터) 정도일까. 그러나 눈앞에 깊은 계곡이 있어 직진할 수는 없다. 하류로 돌아가 건널 만한 곳을 찾아보고자 일동은 물의 흐름을 따라 한동안 나아갔다.

그리고 흐름이 얕으면서도 완만한 장소를 찾아냈을 때 복병과 맞닥뜨렸던 것이다.

금세 난전이 벌어져 아르슬란, 엘람, 알프리드 세 사람을 원진의 가운데에 에워싸고 나머지 네 사람은 뛰어난 검술 실력을 보였다.

한번 검광이 번뜩일 때마다 피와 단말마가 솟고 적병의 모습이 안장에서 사라졌다.

“아르슬란은 산 채로 잡아라! 나머지는 죽여라!”

그렇게 부르짖는 마상의 젊은이를 보고 다륜이 두 눈을 날카롭게 빛냈다. 물론 그 젊은이는 잔데였다.

"아직도 혼이 덜 났느냐, 칼란의 불초자식!"

"그래. 네놈의 목을 얻기 전까지는 절대 포기하지 않는다."

"좋다, 거기서 움직이지 마라. 영원히 포기하게 만들어주마."

다륜이 흑마의 배를 걷어차 돌진하자 5, 6기가 검의 벽을 만들어 이를 가로막으려 했으나 겨우 한순간에 좌우로 베여 나가떨어지고 말았다.

다륜이 피보라를 가르고 육박하는 모습에 잔데는 바로 조금 전까지의 호언장담은 어디로 갔는지 1합도 겨루지 않고 도망쳤다. 1대 1로 다륜을 당해내지 못함을 깨달아서——만은 아니었다. 다륜을 아르슬란에게서 떼어놓기 위해 일부러 추태를 보인 것이다.

맹렬히 추격하려다 다륜은 그 책략을 알아차렸다. 기수를 돌려 왕태자의 곁으로 돌아가 아르슬란에게 달려들려던 기마병 하나를 정수리부터 턱까지 단칼에 베어버렸다. 그러나 동시에 다른 기마병이 아르슬란의 머리에 칼날을 내리치려 했다.

그때였다.

상공에서 춤추던 바람의 일부가 새까만 덩어리가 되어

떨어져내렸다.

아르슬란의 눈앞에서 적병의 머리에 매의 그림자가 겹쳐졌다. 절규가 터졌다. 적병은 날카로운 부리와 발톱에 베인 얼굴에서 피를 뿜으며 안장 위로 몸을 젖혔다. 다륜의 장검이 그의 몸을 베어 매가 세운 수훈에 마무리를 지었다.

"아즈라일!"

아르슬란이 소리치자 왕자를 구한 매는 허공에 조그맣고 날카로운 호를 그리며 내려왔다. 왕자가 내민 왼팔에 앉아 어리광을 부리듯 한 번 울었다.

"아즈라일! 아아, 오랜만이구나. 수루시는 어디 갔지? 네 형제는 잘 있어?"

아르슬란은 이 매를 병아리 시절부터 알고 있었다. 그리고 이 매에게 든든한 주인이 있다는 것도.

"모두 들어라, 키슈바드가 근처에 있다! 원군을 데리고 와 주었다!"

적병을 동요시키고 아군을 격려한 그 외침의 효과는 매우 컸다. 좌로 우로 적병을 쓸어버리고 피안개를 만들어내며 나르사스는 감탄했다. 이 왕자는 어떻게 병사의 사기라는 것을 이해하고 있단 말인가!

"으악!"

적병의 외침이 터졌다.

능선 위로 새까만 기마의 그림자가 나타난 것이다. 수천을 헤아렸다.

잔데가 신음했다. 그의 좌우에서 부하들이 잇달아 기수를 돌리고 있었다. 도망치지 말라고 소리를 질렀지만 막을 수는 없었다.

"왕태자 전하를 지키러 가자! 야샤스인(돌격)!"

키슈바드가 쌍검을 내밀며 호령했다.

"야샤스인——!"

5천 기병이 화답하며 키슈바드의 뒤를 따라 급경사를 달려 내려왔다.

이 5천 기는 얼마 전 신두라 군과의 싸움에서는 페샤와르 성새에서 수비를 맡았던 자들이었다. 지난 전투에 참가하지 못했던 불만을 풀려는 것처럼 도망치는 적들을 따라가 흐트러뜨리고 치고 무너뜨렸다.

형세는 뒤집어졌다.

당황하고 분해하고 이를 갈면서 잔데는 말을 몰아 이번에는 진짜로 도망쳤다. 이를 본 다륜이 코등이 부근까지 피로 물든 검을 한 손에 들고 흑마의 배를 걷어찼다. 그러나 그보다도 먼저.

"그놈은 내가 잡겠어!"

기이브가, 마찬가지로 피에 물든 검을 내밀고 옆에서 달려들었다.

잔데의 왼쪽 뺨에 선혈이 튀었다.

말 위에서 비틀거리기는 했지만 잔데는 고삐를 붙들어 낙마를 면했다. 그러면서도 대검을 한 차례 휘둘러 기이브의 두 번째 공격을 쳐내고는 도망쳐 버렸다.

"제법 끈질긴데."

기이브가 비아냥거리면서도 칭찬하자 다륜이 장검의 피를 털어내며 쓴웃음을 지었다.

"그 말이 맞네. 놈은 불사신이지."

아르슬란의 곁에 기마 1기가 다가왔다.

"오오, 정말로 아르슬란 전하……."

키슈바드가 갑주 울리는 소리와 함께 말에서 뛰어내려 땅에 무릎을 꿇었다.

"무사히 이런 변방까지 와 주셔서 다행입니다. 페샤와르 성의 기병 2만 및 보병 6만은 전하께 충성을 맹세하겠나이다."

주위의 난전은 이미 소탕전의 최종 단계로 들어가고 있었다. 아르슬란은 여섯 부하── 아니, 동행이 모두 무사함을 확인하고 안심했다. 말에서 뛰어내려 키슈바드의 손을 잡고 일으켰다.

"오랜만일세, 키슈바드. 아즈라일이 구해주어서 그대도 가까이 있음을 알았네. 정말로 잘 와주었네."

키슈바드는 깊이 인사하고, 아르슬란의 좌우에 있는

부하들을 보더니 그리운 표정을 지었다. 다륜, 나르사스 두 사람과는 다소 면식이 있었던 것이다.

이리하여 아르슬란 일행은 겨우 목적지에 당도했다.

III

붉은 사암 성벽이 높고 두껍게 솟아 있었다. 페샤와르 성새는 그야말로 파르스의 무위武威를 과시하기 위한 건축물이었다. 쓸데없는 장식이라고는 하나도 없었다.

성문도 두꺼운 참나무판을 네 겹으로 쌓고 철판을 덧댔으며, 심지어 그것이 이중으로 되어 있다. 동쪽 성벽 밑에는 깊은 해자를 파놓았다. 이 방향이 국경에 인접했기 때문이다.

키슈바드와 그의 부하들에게 에워싸여 아르슬란 일행은 성으로 들어갔다. 포석을 깔아놓은 광장에 도착하자 말에서 내려 현관으로 안내를 받았다. 키슈바드가 고개를 숙였다.

"또 다른 마르즈반이 전하를 뵙고자 하옵니다."

아르슬란의 시선 너머에 바흐만의 모습이 있었다.

자신의 기억에 있던 모습보다 훨씬 늙고 수척해진 듯한 모습이 아르슬란은 마음에 걸렸다.

"아…… 왕태자 전하."

역전의 노장은 표정에도 목소리에도 예의범절 밑으로 무언가 복잡한 것을 숨기고 있었다. 아르슬란의 주위에 있던 전사들이 조용히 시선을 나누었다. 그러나 아르슬란의 안목으로는 아직 그것을 간파할 수 없었다. 노령인 탓에 동작이 뻣뻣한 것이리라고 오히려 동정했다. 부드럽게 노고를 치하했다.

"안으로 드시지요, 전하. 접대실로 안내하겠습니다. 과거에 안드라고라스 폐하께서 동방원정 때 쓰셨던 의자가 있으니, 그곳에 앉으십시오."

키슈바드가 권했다.

왕자를 접대실로 안내하면서 동시에 키슈바드는 거의 한 걸음 내디딜 때마다 지시를 날려 수행자들의 방을 배정하고 축하연 준비를 지시했다.

일곱 사람은 이곳에서 네 개의 방으로 나뉘어졌다. 아르슬란, 다륜과 기이브, 나르사스와 엘람, 파랑기스와 알프리드가 각각 방 하나씩을 받았다. 아르슬란의 침실은 과거에 안드라고라스가 묵었던 장소로 이 성새에서 가장 호화로운 세간을 갖추었으며 돌로 된 노대露臺도 달려 있었다. 다른 방들은 이 방의 좌우와 맞은편에 있었다. 키슈바드의 세심한 배려가 엿보이는 배정이었다.

한편 바흐만은.

"모르면 좋았을 것을. 알지 말아야 했을 것을. 만일 아무것도 몰랐더라면 그 총명하신 왕자님께 영원한 충성을 맹세할 수 있었을 것을……."

그렇게 중얼거리며 어스름한 방 안을 서성였다. 그런 마르즈반의 모습을 부하 몇 명이 당황하며 바라보고 있었다.

빰의 상처에서 흐르는 피를 닦으려고도 하지 않고 잔데는 자초지종을 주군에게 보고한 후 몇 번째인지 모를 사죄를 했다.

"히르메스 전하, 놈들은 감쪽같이 페샤와르 성으로 도망쳐 들어가고 말았습니다. 이 추태를 사죄드릴 길이 없나이다."

"사과할 것 없다. 사과한들 페샤와르 성에서 놈들이 기어 나오지도 않을 텐데."

히르메스의 목소리는 씁쓸했다.

자신이 지휘했더라면 조금쯤 더 나은 결과가 되지 않았을까 생각했다. 잔데를 무능하다고는 생각하지 않지만 언짢기는 했다.

나르사스 때문에 말에서 떨어졌을 때 입은 타박상은 의외로 오래갔다. 특히 왼쪽 손목을 접질렸는지 다시 말에 탈 수 있게 된 것은 이날 아침 무렵부터였다.

'나르사스 그 돌팔이 화가놈. 나를 꼴사납게 낙마시켰을 뿐만 아니라 안드라고라스의 자식놈이 나보다도 그릇이 크다고 지껄였겠다. 아르슬란 다음으로 처참하게 죽여주마.'

그런 결심을 담아 히르메스는 왼손을 흔들었다. 이제 아픔은 없었다.

결국 아르슬란 일행을 페샤와르로 입성시키고 말았다. 그러나 모두 끝난 것은 아니다. 만회할 기회는 얼마든지 있을 것이다. 자신은 그 맹렬한 불길 속에서조차 살아남지 않았던가.

자칭 '유랑악사' 기이브는 목욕을 하여 몸을 청결히 한 다음 자기 방의 탁자 앞에서 나비드를 마시고 호두와 올리브를 집어 먹었다. 어젯밤까지와는 달리 안락한 밤을 맞이하게 되었는데도 어쩐지 재미가 없었다.

'수지가 안 맞잖아.'

그런 생각이 들었다.

다륜은 지난 며칠 동안 계속 파랑기스와 동행했다. 나르사스도 제법 예쁜 소녀와 함께였다. 아무 일도 없었던 것은 기이브뿐이었다.

"나는 파랑기스에게 추파를 던질 만큼 배짱이 좋지 못

하네.”

다륜은 그렇게 말했으며, 나르사스도 한사코 아무 일도 없었다고 주장했다. 그런 방면에서 시치미를 뗄 수 있는 자들이 아니므로 실제로 아무 일도 없었을 것이다.

그러나 그건 그거대로 구제할 길 없는 이야기였다. 그들 같은 사나이들이 기껏 찾아온 좋은 기회를 낭비했다 생각하면 기이브는 다른 의미에서 재미가 없었다. 그러나 뭐, 즐거움은 뒤로 미뤄두는 편이 좋고 기이브에게는 앞으로도 얼마든지 그들을 앞지를 기회가 있을 것이다. 무언가를 쫓아가고 추구하는 것이야말로 바로 인생의 재미다.

나르사스는 은자가 되어 바슈르 산에 칩거하기까지는 궁정의 신하로서 어느 정도 염문을 뿌렸던 적이 있다. 다륜도 세리카에 사절로 갔을 때 그 나라의 미희와 사랑을 나누었다고 한다. 자세히는 모르지만 양쪽 모두 연적으로서는 부족함이 없을 것이다.

기이브와 마찬가지로, 아니, 그 이상으로 현재의 상황을 재미없게 여긴 것이 엘람이었다.

“나르사스 없어?”

그렇게 말하며 알프리드가 방에 들어왔을 때 엘람은

반발했다.

"나르사스 님께 무례하게 굴지 마. 알고 지낸 지 며칠 되지도 않았으면서."

알프리드는 전혀 움츠러드는 기색이 없었다.

"교제의 길이와 깊이는 서로 다른 문제야. 그런 것도 모르니?"

"나르사스 님께서 좋아하시는 것도 모르는 주제에."

"내 요리를 불평 않고 먹어주었는걸."

"그야 나르사스 님께서 다정하시니 그렇지. 너 같은 여자가 만든 요리가 입에 맞을 리가 있겠어."

조트족장의 딸은 가느다란 눈썹을 곤두세웠다.

"너라니. 미리 말해두지만 난 너보다도 연상이야. 네 부모님은 연장자에 대한 예의도 가르쳐주지 않았어?!"

"가르쳐 주셨지. 상대를 골라서 예의를 지키라고. 나르사스 님께는 대망이 있으셔. 방해하면 내가 용서하지 않겠어."

"너에게 용서를 구할 필요는 없어."

누가 보아도 무익한 말싸움을 펼친 끝에 알프리드는 나르사스와 엘람의 방을 나왔다. 그녀는 그녀 나름대로 민망했다. 사실은 나르사스의 동료들과 싸우고 싶지 않았다. 엘람에게 이것저것 배우고 싶었는데.

알프리드가 방으로 돌아가자 목욕을 마치고 옷을 갈아

입은 파랑기스가 융단 위에서 검을 손질하고 있었다. 한 순간 그 아름다움에 넋을 잃었던 알프리드가 곁에 앉자 카히나의 녹색 눈동자가 소녀를 보았다.

"그대는 나르사스 경을 좋아하시나?"

웃음기를 머금은 질문이었다.

파랑기스의 미모에 알프리드는 주눅이 들었다. 조트족장의 딸도 충분히 아름다웠으나 파랑기스에 비하면 아직 미의 깊이와 두께가 도저히 미치지 못하는 것은 분명했다.

"……그러면 안 돼?"

반항하려는지 아닌지 애매한 어조가 되어 파랑기스는 미소를 지었다.

"만일 나르사스 경을 좋아하신다면 그를 방해해서는 안 돼. 그는 지금 한 여인보다도 한 나라를 일으키는 데 열중하고 있으니. 한동안은 지켜보심이 어떻겠나?"

알프리드는 아름다운 카히나의 말이 옳음을 인정했으나, 고분고분 설득당하는 것도 아니꼬웠다.

"나라를 일으키다니, 의미 없는 짓이야. 그저 새로운 귀족과 노예가 생길 뿐인걸. 나르사스처럼 똑똑한 사람이 그런 것도 모르다니."

소녀의 드센 기질과 총명함이 아름다운 카히나를 다시 한 번 미소 짓게 했다.

"그럴지도 모르지. 그러나 그대의 나르사스라면 그것을 극복할 만한 길을 찾아낼 수도 있을 거야."

"……."

"그런 자라고 생각했기에 그를 좋아하시게 된 것 아니었나?"

"알았어."

알프리드는 대답하고, 약간의 분함과 패배감을 담아 상대를 바라보았다.

"하지만 당신도 참견하기 정말 좋아하나 봐. 왜 그런 말을 하는 거야."

"기분이 상했다면 용서하시게. 참견임은 알고 있네만, 나도 경험이 있는 바 남의 일이라고는 여겨지지 않아서 말이지."

집요하게 질문하려다, 알프리드는 파랑기스의 표정을 보고 그만두었다. 아름다운 카히나는 긴 머리카락을 찰랑거리며 계속 검을 손질하고 있었다.

아즈라일이 기분 좋게 울었다. 오랫동안 알고 지낸 소년── 왕태자 아르슬란이 몸소 고기를 들고 와주었던 것이다. 목숨을 구해준 보답이라고 했다.

"키슈바드, 또 한 마리는 어떻게 됐나? 아즈라일과 수

루시는 늘 함께 있었는데."
"그게 말입니다."
키슈바드의 목소리가 약간 무거웠다.
"이 두 마리를 붙여, 신뢰할 수 있는 부하를 왕도에 잠입시켜 내정을 살피려 하였습니다. 잔지였던 사내인데, 충실하고 눈치가 빨라 아자트로 해방해주었지요. 기대대로 활약해 주었사오나, 아무래도 적에게 목숨을 잃은 듯합니다. 지난 며칠 연락이 없었습니다."
"수루시도?"
"아마……."
키슈바드는 어두운 표정으로 아즈라일의 머리를 슬쩍 쓰다듬어주었다. 매는 고기를 쪼면서 기분 좋게 날개를 살짝 움직였다.
"아즈라일에 비하면 수루시는 영 못난 형이었습니다. 하지만 서로 사이는 좋았고, 저도 두 마리를 구분 없이 아껴주었지요. 저의 걱정이 그저 엉뚱한 지레짐작이기를 바랍니다."
아르슬란은 고개를 끄덕였다. 몇 년쯤 전에 서방국경에서 왕도로 전승보고 차 왔던 키슈바드가 병아리 두 마리를 데려왔다. 이를 본 아르슬란은 한 마리를 가지고 싶었으나 형제를 따로 떼어놓으면 안 좋겠다고 마음을 고쳐먹었던 것이다…….

아르슬란은 화제를 바꾸었다. 상당히 앞서나가는 이야기이기는 했으나, 자신이 국정을 맡게 된다면 굴람 제도를 폐지하고 싶다는 뜻을 키슈바드에게 전했다.

"굴람을 해방하시겠다는 말씀이십니까?"

키슈바드는 눈을 둥그렇게 떴다.

아르슬란은 크게 고개를 끄덕였다. 샤흐르다란 후다이르의 성에서 탈출하며 산속으로 계속 도피하는 동안 왕자는 줄곧 생각했다. 나르사스의 말은 옳다. 한때의 감정만으로 일부 노예만을 해방한다 해봤자 아무것도 되지 않는다. 그러나 면밀히 계획을 세우고 시간을 들여 여러 가지 조건을 갖춘 후, 국가가 나서 이를 행한다면 모든 노예를 해방할 수 있게 되지 않을까.

키슈바드는 생각에 잠긴 표정으로 아즈라일이 고기를 쪼아먹는 모습을 바라보았다.

"나르사스 경의 말도, 전하의 결심도 훌륭합니다. 소인도 개인적으로는 이의가 없습니다. 하오나 그러한 일을 행하신다면 아마도 샤흐르다란은 대부분 전하의 편이 되지 않을 겁니다."

"나르사스에게도 그런 말을 들었지."

아르슬란은 웃었다. 나이에 어울리지 않게 씁쓸한 감정이 단정한 얼굴에 떠올랐다.

"하지만 루시타니아인을 몰아낸 파르스가 완전히 원

래대로만 돌아가는 것은 아니라 생각하네. 이 나라가 전보다도 좋아지지 않는다면 싸울 의미도 없겠지."

"그렇군요. 하오나 그러한 생각에 대해 부왕 폐하께서는 무어라 말씀을 하실까요. 안드라고라스 폐하께서 굴람 제도 폐지를 고려하셨다는 이야기는 이제까지 들어본 일이 없습니다."

"만일 내가 아바마마를 도와드린다면 그만큼 나의 발언력이 강해지지 않겠나. 그리되면 분명 나의 말씀을 들어주실 테지."

그것은 마치 자기 자신을 타이르는 듯한 어조였다.

IV

다륜, 나르사스, 기이브, 파랑기스 넷은 나란히 석조 복도를 걷고 있었다. 앞으로 루시타니아군을 상대할 작전을 짜기 위해 바흐만의 방으로 오라는 부름을 받은 것이다.

"바흐만 장군의 태도가 아무래도 마음에 걸리네."

걸으면서 다륜이 팔짱을 끼었다.

"우리 백부님도 그러셨지만 이 나라의 노인장들은 젊은이들에게 무언가를 숨기기를 정말 좋아하는 모양이야. 솔직히 말해 별로 유쾌한 기분은 아닐세."

"배신하려는 걸까?"

만약 그렇다면 자신이 베어버리겠다는 양 기이브가 남색 눈동자를 빛내자 파랑기스가 긴 머리카락과 함께 고개를 가로저었다.

"그렇게 직선적으로 행동할 수 있다면 바흐만 옹도 고민하시지는 않을 걸세. 어찌해야 좋을지 스스로 알 수 없게 되신 게지. 그렇다 해도 바흐만 같은 숙장宿將께서 어찌 새삼스레 동요하시는지, 그것이 영 마음에 걸리는군."

파랑기스만이 아니라 다륜도 기이브도 나르사스에게 시선을 집중시켰다. 나르사스는 홀로 무언가를 생각할 뿐 결국 의견을 제시하려고는 하지 않았다.

바흐만의 방에는 키슈바드도 있었다. 대화는 거의 결실을 이루지 못했다. 젊은이들의 적극론에 비해 바흐만은 기력이 현저히 부족했다.

"조바심을 낸다 한들 득 될 것은 없네. 폐하의 안부조차 아직 판명되지 않았잖나. 적어도 나는 올해 안으로 병사를 움직이는 데에는 반대일세. 국내의 여러 세력들이 어떻게 움직일지를 가늠한 후에도 늦지 않네."

다륜의 미간에 번개와도 같은 것이 내달렸다. 새까만 갑주를 울리며 늘씬한 몸과 함께 바흐만 쪽으로 돌아섰다.

"아르슬란 전하를 진두에 내세워 파르스의 왕권을 회복시키는 것은 당연한 일입니다. 우리가 이를 행해야 비로소 국내 세력들도 움직이기 시작하지 않겠습니까. 장군께서는 어찌 이를 망설이십니까? 신중하시다기보다는 의욕이 없다고밖에는 여겨지지 않습니다만."

"다륜, 이제 그만하게."

나르사스가 벗을 제지했다. 이번 회의에서 나르사스가 꺼낸 첫 발언이었다. 바흐만에게 돌린 그의 눈동자는 호의적이지 않았다.

"고타르제스 대왕 치세 시절부터 전장에서 한 번도 적에게 밀린 적이 없다는 바흐만 장군이라 해도 세월이란 잔혹한 법. 이미 의협의 기개도 잃어, 그저 안락하게 노후를 보내면 그만이라는 생각이시겠지. 기대했던 우리가 잘못이었네."

가차 없이 들이대는 말에 늙은 무인의 얼굴이 독한 술을 마신 것처럼 벌겋게 물들었다.

"아직 부리가 샛노란 병아리 주제에 감히 무슨 소리를!"

바흐만의 목소리가 처음으로 격해졌다. 이어서 무슨 말을 하려다가, 늙은 무인은 갑자기 입을 다물었다. 거칠게 벌떡 일어나더니 등을 돌리고는 자신의 방을 나가버리고 말았다. 산책을 다녀오겠다는 말을 남기고.

이래서는 작전 논의도 구체적인 이야기가 나오기도 전에 끝나고 만다.

"……화만 냈군."

다륜이 쓴웃음을 지으며 중얼거린 이유는 나르사스가 일부러 노전사를 도발한 이유를 알기 때문이다. 화를 내게 해 본심을 말하도록 유도했을 텐데, 보아하니 그러기 직전에 바흐만은 자제해버린 모양이었다.

"아니. 그 노인은 고단수야. 화낸 척 자리를 비워서 추궁을 피한 게지."

나르사스는 그렇게 대답했다.

이때 키슈바드는 바흐만이 고민하던 고故 바흐리즈의 편지에 대해 다륜에게 언급했다.

"백부님께서 편지를?!"

다륜은 눈썹을 곤두세웠다. 키슈바드가 고개를 끄덕였다.

"아트로파테네 회전 직전에 바흐만 장군에게 그것이 도착했네. 내가 아는 건 그뿐이고, 내용은 감도 잡히지 않네만, 장군께서 어딘가 지친 듯 예리함이 사라져버렸던 건 그 이후였지. 보통 내용이 아니었던 모양일세."

다륜은 정한한 얼굴에 흐린 표정을 지었다. 생각해보면 전투 직전에 그 또한 기묘한 맹세를 하도록 백부에게 종용당하지 않았던가. 무슨 일이 있어도 아르슬란 왕자 개인에게 충성을 다하라고. 백부는 무엇을 알고 있었단 말인가. 그리고 옛 전우에게 무엇을 전했단 말인가…….

"나르사스 경도 짐작 가는 바가 없으신가?"

아름다운 카히나가 물었다.

"그걸 알면 고생을 왜 하겠나, 파랑기스. 나는 천리안이 아닐세."

나르사스는 그렇게 대답하고 씁쓸한 표정으로 생각에 잠겼다. 기이브는 잠자코, 어딘가 유쾌하다는 듯 일동을 둘러보고 있었다.

성을 나온 바흐만은 홀로 말을 몰아 바위산과 나무가 듬성듬성한 숲 사이를 뛰어다녔다. 풋내기들이 자신의 고충을 어떻게 이해하겠는가. 바흐만은 속으로 외쳤다.

'고생도 모르는 애송이들이 왕태자를 옹립하였다는 생각에 제멋대로 떠들어대고 앉아서는! 하나 진상을 알면 어떻게 생각할지…….'

문득 한 바위 뒤에서 인마의 기척이 움직였다. 노련한 마르즈반은 이를 놓치지 않았다.

"누구냐!"

바흐만이 일갈했다. 50년 가까운 세월을 전장에서 보낸 무인이다. 목소리는 힘찼으며 듣는 이의 뱃속에 묵직하게 울렸다.

대답은 없었다. 저녁 어스름이 바람을 타고 늙은 마르즈반의 주위를 흘러갔다.

바흐만은 허리춤의 검을 뽑았다. 결코 재빠른 동작은 아니었으나 허점이 전혀 없었다. 오랜 단련을 거친 무인의 동작이었다.

지난 수십 일 동안 심려를 반복했던 자기 자신을 베어버리고 싶다는 기분이었다. 바흐만은 더욱 위압에 찬 목소리로 외쳤다.

"당장 나오너라. 파르스의 마르즈반 바흐만이 얼간이에게 어울리는 최후를 안겨주마."

"……바흐만이라고?"

어스름이 흔들리더니, 거대한 바위 뒤에서 기사 하나가 나타났다. 바흐만은 숨을 흠칫 들이마셨다. 어스름 속에서 떠오른 은색 가면이 대담한 무인에게 섬뜩함을 안겨주었던 것이다.

"흐음. 그러고 보니 정말로 눈에 익은 낯짝이로군."

은가면에서 새어나오는 목소리는 거만함과 동시에 기묘한 그리움이 느껴졌다. 이를 감지한 바흐만은 약간 당황했다.

"나는 네놈처럼 요망한 놈과는 면식이 없다."

"무례한 말투다만 옛정을 보아 한 번만 용서해주마.

16년 전을 떠올려 보라고 말해도 무리겠군. 노망이 나서 과거의 일 따위 자기에게 편할 대로 잊어버렸나?"

상대의 말에 담긴 기괴함에 바흐만은 회색 눈썹을 찡그렸다.

"안드라고라스의 심복이었던 바흐리즈 놈은 살려둘 수 없었다. 그러나 네놈에게는 평화로운 노후를 내려줄 수도 있다. 뭐니 뭐니 해도 네놈은 나에게 검과 활을 가르쳐준 스승 중 하나이니 말이다."

한순간의 간격을 두고 바흐만의 회색 눈썹이 크게 움직였다. 마찬가지로 회색인 수염 속에서 신음하는 듯한 목소리가 흘러나왔다.

"서, 설마, 당신은……."

"호오, 생각이 났나? 아직 그리 노망이 나지는 않은 게로군."

"당신은…… 설마……."

노기사는 몸을 떨었다.

"바흐만 장군!"

날카로운 목소리와 말발굽 소리가 울리더니 저녁 어둠 저편에서 키슈바드가 이끄는 십여 기의 기마집단이 모습을 드러냈다.

히르메스는 말없이 말 머리를 돌렸다. 바흐만이 말릴 틈도 없이 매끄럽게 고삐를 놀려 달려나갔다. 단 한 번 바흐만 쪽을 돌아보고 은가면을 빛내더니, 고개를 끄덕인 것처럼 보였다. 뒤를 쫓으려는 키슈바드에게 바흐만은 황급히 말했다.

"아니, 키슈바드 장군, 쫓아갈 필요는 없네. 쫓아가서는 안 되네."

"어째서입니까, 바흐만 장군. 우리가 나타나자 도망치는 것을 보면 왕태자 전하께 적대하는 자가 분명합니다."

고삐를 당겨 키슈바드가 힐문한 것은 당연했으나 바흐만은 자신이 생각한 것을 그대로 입에 담을 수는 없었다. 대신 궁색한 변명을 늘어놓았다.

"아니, 내 생각에 그 가면 쓴 사내는 미끼가 분명하네."

"미끼?"

"그렇지. 그대와 내가 병사를 이끌고 놈을 쫓으면 페샤와르 성은 비고 마네. 물론 당장 함락당할 리는 없으나 성이 포위당한다면 우리는 돌아갈 곳이 없어지지 않나."

"……그렇군요."

키슈바드는 고개를 끄덕였으나 그의 안광에는 불만과 의혹이 언뜻 빛났다. 아니, 바흐만 자신이 키슈바드에게 무언가를 감추고 있다는 찜찜함이 있기에 그런 생각이 들었는지도 모른다.

"성에는 아르슬란 전하가 계시네. 안드라고라스 폐하로부터 성을 지키라는 명령을 받은 우리가 수비를 소홀히 할 수는 없지. 그렇지 않은가, 키슈바드 장군?"

말을 몰아 성으로 돌아가는 바흐만의 뒷모습을 키슈바드는 어스름 너머로 바라보고, 혀를 한 번 차더니 자신도 말을 몰기 시작했다. 부하들이 그 뒤를 따랐다.

사실 키슈바드는 바흐만의 동태를 살피기 위해 뒤를 따라 성을 나왔다. 바흐만이 왕태자 아르슬란의 적과 내통하고 있다고까지는 생각하지 않았으나, 의혹은 이 시각의 어둠처럼 더욱 깊어만 갔다.

페샤와르 성에 잠입한다.

히르메스가 그렇게 결의하도록 만든 이유 중 하나는 조금 전 만난 마르즈반 바흐만의 반응이었다.

그 노장은 나르사스와는 다르다. 왕가의 피, 왕위의 정통성에 경의를 품어야 하는 도리를 안다. 그와 그가 이끄는 1만 기가 히르메스의 편이 된다면 루시타니아군을 멸하고 국토를 회복할 날은 훨씬 앞당겨질 것이다.

히르메스가 홀로 페샤와르 성새에 잠입할 생각이라고 말했을 때 잔데는 반대했다.

"외람된 말씀이오나, 전하. 그것은 너무나도 위험하옵니다. 그 성은 이미 아르슬란 일당의 소굴이 되었나이다."

잔데가 반대하는 것도 지당했으나 신중론은 이 맹렬한 기세로 가득 찬 젊은이에게 어울리지 않았다.

"위험을 극복할 가치가 있다고 여겼기에 잠입하는 것이다. 이미 결정한 일이니 아무 말도 말라."

"그러면 부디 저희도 데려가 주시옵소서. 전하를 지키지 못하면 아버지의 영전에 올릴 말이 없사옵니다."

"아니, 그대는 성 밖에서 기다려라. 병사를 지휘할 자가 사라지면 안 되고, 여차하면 성 안팎에서 호응하여 단숨에 성을 손에 넣을 수도 있을 것이다."

히르메스가 그렇게 믿었던 것은 아니다. 잔데를 성 밖에 머물게 하기 위한 방편이었다. 잔데가 그러한 행동에 어울리는 인물이라고는 생각할 수 없었다. 고압적으로 명령하지 않은 이유는 잔데라기보다는 잔데의 죽은 아버지 칼란에 대한 마음가짐 때문이었다.

V

키슈바드의 방은 청동 램프가 발하는 빛을 받아 엷은 주황색에 감싸여 있었다. 융단 위에 아르슬란, 다륜, 나르사스, 기이브, 파랑기스, 그리고 키슈바드까지 여섯 명이 앉아 동방국경 일대의 지도를 펼치고 이야기를 나누었다. 왕도에 쳐들어간다 해도, 성가신 신두라의 군대는 어떻게 할 것인가에 대한 회의였다. 그들은 늙고 상처 입은 물소처럼 다루기 힘든 바흐만을 제외하고 논의를 하는 중이었다.

현재 신두라는 가데비, 라젠드라 두 왕자의 파벌로 나뉘어 다투고 있다. 그 여파가 동방국경에도 미쳐 얼마 전 키슈바드가 신두라군과 싸우게 되었다.

결국 두 왕자 중 어느 한쪽이 완전히 승리를 거두지 않고선 신두라 국내도 안정되지 않고, 파르스에게도 동방국경의 위협이 남는다. 어느 한쪽 왕자를 도와 은혜를 베풀어주어 후방의 우려를 없애야 하지 않을까? 키슈바드가 알아본 바로는 라젠드라 왕자 쪽이 열세라고 하는데……. 아르슬란이 나르사스에게 의견을 구했다.

나르사스의 대답은 명쾌했다.

"강한 자를 도와도 무의미합니다. 약한 자를 도와 강한 자를 쓰러뜨려야 비로소 은혜를 베푼다고 할 수 있지요."

"그러면 라젠드라 왕자를 도와야 한다는 말이로군, 나르사스는."

"기본 방침은요. 그러나 가능하다면 라젠드라 왕자의 됨됨이를 조금 더 알고 나서 시작하고 싶습니다."

나르사스가 키슈바드를 보았다.

라젠드라가 은혜를 은혜로 느낄 만한 인물이라면 더 할 말이 없다. 그러나 만일 그가 은혜를 부담으로 느끼는 인물이라면, 언젠가는 약속도 신의도 짓밟고 파르스에 쳐들어올 것이다. 게다가 그가 간웅이라 불릴 만한 악독하고 욕심 많은 인물이라면 그를 도와준 파르스군이 안심하고 등을 돌린 틈에 뒤를 칠지도 모른다.

그 점에 대해 키슈바드는 다른 그 누구보다도 자세한 정보를 가지고 있을 것이다.

그가 며칠 전 신두라군의 병사에게 들었던 바에 따르면 라젠드라 왕자는 야심도 욕심도 있어 신뢰할 만한 인품은 아니라고 한다. 라젠드라와 대립하는 진영 사람의 증언이므로 다소는 감안하고 생각해야 하리라. 그러나 라젠드라는 원래 왕위계승권 순위에서 가데비보다도 밑이다. 그런데도 왕위를 놓고 굳이 다투고 있다는 것은 역시 야심가라는 증거가 아니겠는가.

"그러면 라젠드라 왕자를 도와도 의미가 없겠군."

"아니, 역시 라젠드라 왕자를 돕는 편이 좋지 않을까 합니다."

나르사스는 그렇게 말하고 일동을 둘러보며 이유를 설명했다.

"우리 군이 등을 돌린 순간 라젠드라가 쳐들어온다고 했을 때, 라젠드라는 우리가 마음을 푹 놓았으리라 생각해 승리는 자신의 것이라 믿지 않겠습니까? 그 방심을 아군이 이용해야 합니다."

"흐음……."

"어차피 가데비 왕자가 이겨도 국경지대에 야심을 품고 쳐들어올 게 뻔하지요. 그럴 거라면 차라리 라젠드라가 이기게 하는 편이 낫습니다. 라젠드라가 이겨도 당장은 자국이 통일되지 않을 겁니다. 한번 우리의 뒤를 급습했다가 패배하면, 그 후로 한동안은 자국 통일에 눈을 돌리겠지요."

"과연 그렇군. 그사이에 우리는 후방을 걱정하지 않고 왕도로 진군할 수 있단 말이지."

다륜이 이해하고 나머지 세 사람도 찬동했다. 그러나 키슈바드에게는 불안이 있었다. 바흐만이 이렇게까지 못 미덥게 군다면 최악의 경우 키슈바드는 자신의 부하 1만 기밖에 움직이지 못한다. 겨우 그 정도 병력으로 신두라군과 루시타니아군, 동서의 강적과 대항할 수 있을까?

아르슬란이 나르사스를 쳐다보자 나르사스는 웃지도 않은 채 손가락으로 자신의 머리를 두드려 보였다.

"심려치 마십시오. 여기에 이미 병사가 10만 정도는 있으니까요."

VI

회의가 끝난 후 아르슬란은 침실로 직행하지 않고 성벽 위로 통하는 복도를 걸어갔다. 다륜과 파랑기스가 호위하겠다고 했지만 고개를 가로저어 거절했다.

"혼자 있게 해 다오. 이 성안에 위험이 있을 리도 없으니. 잠깐 밤공기를 쐬고 싶을 뿐이다."

그렇게 말하면 물러날 수밖에 없다.

동쪽 성벽 위로 나가자 아르슬란은 가볍게 기지개를 켰다. 별들의 단단한 빛이 소리도 없이 왕자에게 쏟아져 푸른 견직 장막으로 그를 감싼 것 같았다.

춥지만 기분 좋은 밤이었다. 며칠 밤이나 이어진 도주 생활에서 해방되었기 때문일 것이다. 목욕도 했고, 제대로 된 식사도 마쳤다. 잘 때는 풀이나 땅바닥이 아니라 넓고 훌륭한 침대가 마련되어 있다. 오늘 저녁까지와는 매우 달랐다.

물론 안락한 생활만이 기다리는 것은 아니다. 내일부터는 본격적인 싸움의 나날이 시작된다. 루시타니아군을 물리치고 왕도 엑바타나를 회복해야만 한다. 아버지 안드라고라스와 어머니 타흐미네를 구출하고 파르스 전 국토를 되찾아야만 한다. 열네 살짜리 소년에게는 분에 넘치는 대과업이다.

그러나 그에게는 과분할 만큼 유능하고 충실한 부하들이 있다. 그들이 힘을 빌려준다. 분명 아르슬란이 왕태자로서 의무를 다하도록 도와줄 것이다.

그렇다곤 하지만 스스로 생각해도 기묘한 운명이었다. 어렸을 적에는 자신이 왕자라는 사실조차 몰랐다. 궁정에서 지내게 되고 나서 2년, 지금 자신은 왕도를 떠나 이런 변경 성새에 있다…….

문득 왕자는 온몸을 긴장시켰다. 근처에서 갑주 울리는 소리가 들렸던 것이다.

"거기 있는 것이 누구냐?"

자신의 목소리가 타인의 것처럼 들렸다.

밤공기가 흔들려 왕자의 얼굴을 쳤다.

아르슬란은 숨을 멈추었다. 성벽 그늘에서 어떤 사람의 모습이 나타났다.

다륜이나 키슈바드에 필적하는, 균형 잡힌 멋들어진 장신. 그리고 무엇보다도 머리를 감싼 은색 가면이 아르슬란을 위압했다.

"그렇구나. 네놈이 안드라고라스의 자식놈이냐……."

아르슬란은 소문으로만 들었던 은가면과 처음으로 맞닥뜨렸다. 다륜이나 나르사스와 호각으로 겨루었다고 하는 무시무시한 검술의 소유자.

"네놈이 안드라고라스의 자식놈이냐고 물었다."

되풀이하는 목소리에 피를 갈망하는 울림이 있었다. 아르슬란의 온몸을 기이한 전율이 휩쓸고 지나갔다.

"……안드라고라스의 아들, 파르스의 왕태자 아르슬란이다. 그쪽도 이름을 대라."

"왕태자라고?! 그것은 그저 참칭이다. 네놈은 지저분한 찬탈자가 낳은 볼품없는 개새끼에 불과한 몸이 아니더냐."

은가면의 두 눈에 독기 어린 불꽃이 피어나고 그것이 아르슬란을 향해 소리도 없이 뿜어져나왔다.

히르메스는 격정이 안쪽에서부터 온몸을 적셔나가는 것을 자각했다. 이 상황이 신들이 자신의 편을 들어준 것이 아니라면 무엇이겠는가. 지금 안드라고라스의 아들이 그의 눈앞에 있다. 그것도 용맹한 부하들은 대동하지 않은 채, 오직 홀몸으로!

그 사실을 깨닫자 히르메스는 숨어있을 수가 없어서, 오히려 스스로 상대에게 존재를 알렸던 것이다. 바흐만과 달리 아르슬란은 아직 기척을 죽인 적을 발견할 수가 없었다.

히르메스는 장검 자루에 손을 가져다 댔다.

"당장 죽이지는 않겠다. 16년의 고뇌를 일격으로 정리할 수는 없지. 우선 안드라고라스의 자식이여, 네놈의 오른손을 잘라내주마."

"……."

"이다음에 만나면 왼손을 가져가겠다. 그래도 살아있

다면 오른발도 얻어가도록 할까.”

장검이 칼집을 빠져나오는 소리는 죽음의 위협으로 가득했다. 아르슬란도 발검했으나 그 소리는 사자가 이 가는 소리를 앞에 둔 토끼의 비명 소리밖에 되지 않았다.

“안드라고라스의 아들로 태어난 것이 네놈의 죄다. 아비를 원망하거라!”

은가면의 참격은 아르슬란이 예상했던 곳으로 날아들었다. 아르슬란은 막아냈다. 그러나 완전히 막아내지는 못했다. 힘에서나 기술에서나, 아르슬란이 50명 있다 한들 히르메스에게 대항할 수는 없었다.

검이 하늘 높이 날아가고, 아르슬란의 몸은 무시무시한 충격을 받아 뒤로 날아갔다. 등부터 망루 벽에 처박혀 숨이 멎었다. 고통과 공포에 시야가 흐려지고 은가면이 다가오는 모습만이 비쳤다. 필사적으로 무기를 찾던 손이 무언가에 걸렸다. 성벽 위를 비추기 위한 횃불이 벽에 걸려 있었다. 거기에 아르슬란의 오른손이 닿았던 것이다.

은가면이 장검을 높이 쳐들었다.

“통감하거라, 안드라고라스의 자식놈!”

제2의 참격은 예고대로 아르슬란의 오른손을 베어야 했다. 그러나 그보다 먼저 아르슬란은 벽의 횃불을 쥔 오른손을 정신없이 전방으로 내질렀다.

은가면이 횃불과 충돌해 불똥이 쏟아졌다. 가면의 표면이 횃불의 빛을 반사하고 보름달처럼 빛났다. 고함 소리가 터졌다. 은가면은 비틀거리더니 포석을 거칠게 밟으며 후퇴했다.

멍해진 것은 오히려 아르슬란 쪽이었다. 횃불을 눈앞에 들이댄 순간 은가면처럼 강대하고 위압적인 적이 비틀거린 것이다.

호흡을 가다듬고 등과 허리의 아픔을 견뎌내면서 아르슬란은 일어났다. 두 손으로 횃불을 움켜쥔 채. 대조적으로 은가면은 어깨로 숨을 쉬었다.

"이놈이…….."

신음 소리가 극채색의 증오로 물들었다. 16년 전의 공포, 불에 대한 공포를 히르메스는 완전히 극복했다고 믿어 의심치 않았다. 하지만 실제로는 그렇지 않았던 것이다. 원수의 아들 앞에서 그런 모습을 보이고 말다니, 이 얼마나 큰 굴욕인가.

이자는 불을 두려워한다!

아르슬란은 두 손으로 횃불을 움켜쥐고 이를 은가면에게 내민 채 슬금슬금 전진했다. 히르메스는 신음했다. 신음하면서 무의식중에 후퇴했다. 자신의 내면에 도사린 나약함을 매도하면서도, 불을 두려워해 점점 뒷걸음질을 쳤다.

그때 포석을 박차는 발소리가 들렸다. 아르슬란의 안부를 확인하는 고함이 터지고, 두 명의 시야에 사람의 모습이 난입했다.

"이놈이로군!"

은가면의 모습을 확인하는 목소리도 물론 하나는 아니었다.

왼쪽에는 다륜과 기이브, 오른쪽에는 파랑기스와 키슈바드. 네 명의 전사가 다섯 자루의 검을 뽑아들고 은가면의 좌우로 칼날의 벽을 세웠다.

만만한 적은 하나도 없었다. 은가면 안쪽에서 히르메스가 이 가는 소리가 들렸다가 사라졌다. 아르슬란을 베기는커녕 히르메스야말로 절체절명의 위기에 빠진 것이다.

키슈바드가 다른 세 사람을 둘러보고 반걸음 나섰다.

"이자는 나에게 양보하게나. 타히르 키슈바드의 성에 침입한 자는 키슈바드의 손으로 처단해야지."

아르슬란은 약간 뒤늦게 나타난 나르사스의 호위를 받으며 10가즈(약 10미터) 정도 떨어진 벽까지 물러났다. 그 모습에 불타는 듯한 시선을 던지고 히르메스는 장검을 고쳐들었다. 오만한 기백이 목소리에 깃들었다.

"넷이 한꺼번에 덤비거라. 그렇지 않고서는 네놈들 따위가 날 쓰러뜨릴 수는 없을 테니."

"허세라곤 하지만 잘 지껄였다. 그 큰소리를 보아 고

통스럽지 않게 죽여주마."

키슈바드가 두 자루의 검을 두 손에 들고 미끄러지는 듯한 걸음으로 히르메스에게 다가갔다.

나머지 셋은 반대로 물러났다. 그러나 말없이 연계하여 교묘하게 히르메스의 탈출로를 막는 위치를 점했다. 히르메스의 뒤에는 성벽 상부의 흉벽이 있다. 나머지 방향은 모두 강적의 칼날에 가로막히고 말았다.

키슈바드의 좌우 양손에 들린 검이 천천히 호를 그리며 칼끝을 들기 시작했다.

그때 네 사람의 뒤에서 바흐만의 목소리가 울려 퍼졌다.

"안 되네, 그분을 죽여서는 안 돼!"

바흐만의 목소리는 제지라기보다는 오히려 애원에 가까웠다.

"그분을 해하면 파르스 왕가의 정통한 혈맥이 끊어지고 마네! 죽여서는 안 돼!"

네 사람이 들었던 다섯 자루의 검이 한순간 겨울밤이 가져다준 냉기 속에서 얼어붙은 것처럼 보였다.

히르메스가 날았다.

키슈바드의 쌍검이 달빛을 반사하며 그 그림자를 베었다. 히르메스의 검이 키슈바드의 왼손 검을 소리 높여 튕겨냈다. 그러나 동시에 키슈바드의 오른손 검이 히르메스의 흉갑에 일격을 꽂아 자세를 무너뜨렸다.

칼 울음소리가 잇달아 이어졌다. 착지한 히르메스의 검은 이번에는 파랑기스의 것과 격돌하고 한 바퀴 돌아 기이브의 검과 교차했다. 정신없이 불꽃이 튀고 강철 타는 냄새가 피어났다.

그것이 사라지기도 전에 힘차게 파고든 다륜의 장검이 히르메스의 어깨를 수평으로 쓸었다. 아니, 정확하게는 한순간 전까지 히르메스의 어깨가 있던 공간을 베었다. 히르메스는 다륜의 무시무시한 참격을 피했으나 그러려면 스스로 성벽 밖으로 몸을 날려야만 했던 것이다.

은가면의 모습은 어둠 속으로 떠올라, 낙하했다. 어둠 밑바닥에서 물소리가 울렸다. 해자에 떨어진 것이다.

"놓쳤군……."

성벽 아래에 도사린 어둠을 들여다보며 기이브가 혀를 찼다. 얼굴을 되돌렸을 때 그는 나머지 세 사람이 바흐만을 바라보고 있음을 알아차렸다. 그들에게 바흐만의 외침은 도저히 흘려들을 수 없는 것이었다.

은가면을 죽이면, 파르스 왕가의 정통한 혈맥이 끊어진다—— 바흐만은 그렇게 말했다. 그 말이 네 사람의 검에서 여느 때의 예리함을 앗아갔다. 그것만 없었다면 히르메스는 네 사람의 포위를 탈출하지 못했을 것이 분명하다.

이 말을 바흐만이 하려면 두 가지 조건이 성립되어야만 한다.

첫째, 은가면이 파르스 왕가의 정통한 피를 이었을 것.

둘째, 아르슬란 왕자가 파르스 왕가의 정통한 피를 잇지 않았을 것.

이 두 조건을 만족하지 않는 한 바흐만의 외침은 있을 수 없는 것이었다.

……바흐만의 외침과 동시에 그 사실을 깨달은 것은 물론 나르사스였다. 그러나 다른 사람들도 약간 뒤늦게나마 그 사실을 깨닫지 않을 수 없었다. 바흐만은 대체 무엇을 알며, 무엇을 감추고 있는가.

"바흐만 장군. 지금 하신 말씀이 대체 무슨 뜻이오?"

다륜의 목소리에는 이미 연장자에 대한 경의가 담겨 있지 않았다. 완전히 힐문조였다.

지금 네 명의 전사들은 방향을 바꾸어 바흐만을 반포위하는 형태로 서 있었다. 어느샌가 성벽 위로 올라온 엘람과 알프리드도 눈을 크게 뜨고 이 광경을 지켜보았다.

"바흐만 장군!"

이번에는 키슈바드가 목소리를 높였다.

그때 아르슬란이 나섰다.

"나도 알고 싶다. 무슨 뜻인가, 바흐만."

아르슬란의 목소리에서는 공포와 불안을 견뎌내려는

마음이 드러났다. 왕자 또한 노인의 말에 무시무시한 의미가 담겨 있음을 깨달았던 것이다. 왕자의 어깨에 얹은 나르사스의 손에 떨림이 전해졌다.

나르사스는 후회했다. 바흐만을, 이 초췌하고 늙은 무인을 베어버렸어야 했던 것은 아닐까 생각했다. 바흐만이 이토록 치명적인 순간에 치명적인 말을 입에 담으리라고는 예상하지 못했다.

"용서해 주십시오. 용서해 주십시오, 전하. 제가 망발을 입에 담았사옵니다. 스스로도 어찌해야 좋을지 모르겠나이다……."

바흐만은 포석 위에 두 손과 두 무릎을 댔다. 그의 회색 머리를 내려다보며 아르슬란은 입을 꾹 다물고 있었다. 아르슬란이 입을 다문 이상 전사들도 아무 말 못하고 그저 왕자와 바흐만을 지켜볼 수밖에 없었다. 나르사스는 자신이 무의식중에 장검 자루에 손을 가져가고 있음을 깨닫고 손을 떼었다.

그때 한 기사가 계단을 뛰어 올라왔다.

키슈바드에게 큰 소리로 보고한다.

"급보입니다. 지금 막 신두라의 군세 수만이 야음을 틈타 국경을 돌파하고 있다 합니다!"

새로운 긴장이 낡은 긴장을 박살내버렸다. 키슈바드는 크게 숨을 토해내더니 쌍검을 칼집에 꽂고 큰 걸음으로 계단을 향해 걸어갔다. 응전 지휘를 맡아야 했다.

아르슬란은 깊은 한숨을 쉬었다. 지금은 늙은 무인의 고집을 깨뜨릴 것이 아니라 신두라군의 침공을 막아내야 할 때라고 생각했다. 아니, 어쩌면 아르슬란은 바흐만의 입으로 진실을 듣기가 두려웠는지도 모른다.

"바흐만, 언젠가 그 말을 확실히 들려주게."

왕자가 계단으로 달려나가자 그 뒤를 따라 전사들도 뛰었다. 나르사스가 한순간 어깨 너머로 바흐만에게 시선을 쏘아보냈으나 아무 말도 하지 않았다.

그들이 떠나간 후, 오직 한 사람, 바흐만은 성벽에 웅크리고 앉아 넋을 놓고 있었다.

……파르스력 320년도 앞으로 보름이 채 못 되어 끝나려 한다.

겨울은 여전히 길며, 두껍고 거대한 벽이 되어 아르슬란의 미래를 가로막으려 하는 것 같았다.

파르스 왕가 가계도

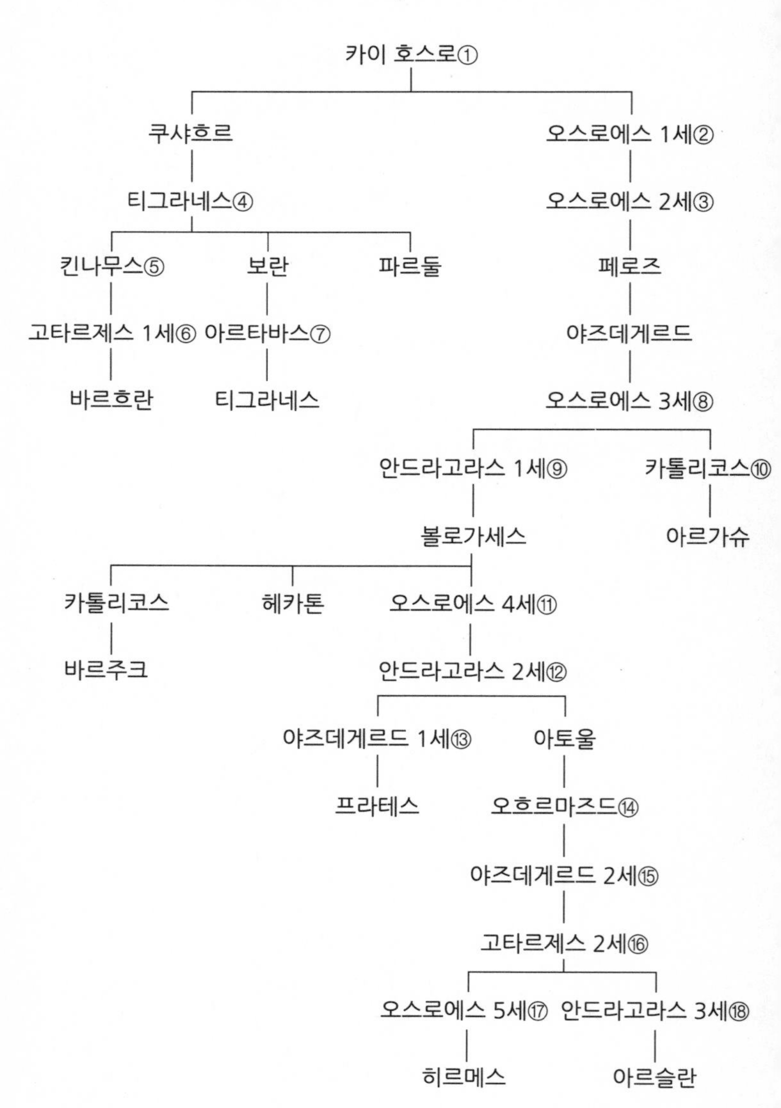

카이 호스로①
쿠샤흐르
오스로에스 1세②
티그라네스④
오스로에스 2세③
킨나무스⑤
보란
파르둘
페로즈
고타르제스 1세⑥
아르타바스⑦
야즈데게르드
바르흐란
티그라네스
오스로에스 3세⑧
안드라고라스 1세⑨
카톨리코스⑩
볼로가세스
아르가슈
카톨리코스
헤카톤
오스로에스 4세⑪
바르주크
안드라고라스 2세⑫
야즈데게르드 1세⑬
아토울
프라테스
오흐르마즈드⑭
야즈데게르드 2세⑮
고타르제스 2세⑯
오스로에스 5세⑰
안드라고라스 3세⑱
히르메스
아르슬란

아르슬란 전기 2

2014년 12월 10일 제1판 인쇄
2014년 12월 24일 제1판 발행

지음 다나카 요시키 | **일러스트** 야마다 아키히로 | **옮김** 김완

펴낸이 임광순 | **제작 디자인팀장** 오태철
담당편집자 황건수
편집1팀 황건수 · 정해권 · 오상현 · 김동규 · 신채윤
편집2팀 유승애 · 배민영 · 권소현 · 박예슬
디자인팀 박진아 · 정연지 · 이신애
국제팀 노석진 · 엄태진 | **마케팅팀** 김원진

펴낸곳 영상출판미디어(주)
등록번호 제 2002-000003호
주소 403-853 인천광역시 부평구 평천로 132 (청천동)
전화 032-505-2973(代) | **FAX** 032-505-2982

ISBN 979-11-319-0378-0
ISBN 979-11-319-0376-6 (세트)